# SZYMEK

# W KRAINIE NUDZIMISIÓW

# Szymek w Krainie Nudzimisiów

## RAFAŁ KLIMCZAK

Wydawnictwo Skrzat

ISBN 978-83-7437-841-3

Redakcja: Agnieszka Sabak
Korekta: Sylwia Marszał
Projekt okładki i ilustracje: Agnieszka Kłos-Milewska
Skład: Wydawnictwo Skrzat

Księgarnia Wydawnictwo Skrzat
Stanisław Porębski
31-202 Kraków, ul. Prądnicka 77
tel. (12) 414 28 51
wydawnictwo@skrzat.com.pl

Odwiedź naszą księgarnię internetową: www.skrzat.com.pl

# Witaj!

Jesteśmy nudzimisiami i odnudzamy dzieci, które się nudzą. Znamy się dzięki Szymkowi – przedszkolakowi, który pewnego dnia baaaardzo się nudził i głośno nas wołał: Nudziiiimiiisieeeeeeee!!!

W pierwszej części naszych przygód pt. *Nudzimisie* możesz przeczytać o tym, jak z Nudzimisiowa wyruszył do Szymka Hubek, który następnym razem przyprowadził ze sobą do Waszego świata Mutka i Gusię. Poszli z Szymkiem do przedszkola, gdzie pomogli mu pokonać pewnego niesfornego kolegę, zrozumieć, na czym polega przyjaźń, dlaczego nie wolno zazdrościć innym sukcesów, na czym polega zabawa z zasadami i dlaczego nie warto bać się Kosmaka. Oczywiście nudzimisie codziennie wracały do swojej niezwykłej krainy, gdzie na drzewach rosną lizaki, na krzewach chipsy, za domami rozciągają się galaretkowe pola, a w strumyku płynie kolorowa lemoniadka.

Z drugiej książki o nas, pt. *Nudzimisie i przyjaciele*, dowiesz się o tym, jak Nudzimisiowo nawiedziła wielka burza i jak bohaterska trójka Szymkowych przyjaciół – Gusia, Hubek i Mutek – pod przywództwem dzielnego i mądrego

Budusia ratowały swoją krainę. Tu jest także opisana historyczna chwila spotkania Obrazika z potężnym Łaskotem oraz wielka akcja ratunkowa, zakończona wieczystą przyjaźnią między nudzimisiami i niebieskim potworem, który czuł się bardzo samotny. Tymczasem przedszkolaki, które już wiedzą o naszym istnieniu, wyruszają na sprzątanie świata, w czym im ofiarnie pomagamy.

W trzeciej części naszych przygód, pt. Nudzimisie i przedszkolaki, wkraczamy do domów Szymkowych kolegów i do przedszkola. A tu same kłopoty, bo: Kubuś nie może zasnąć, Jędruś płacze o mamę, a Tadzio nie chce nic jeść. Na szczęście jesteśmy i trzymamy łapkę na pulsie. A i w naszej krainie jest ciekawie: Zubkowi od zaraz potrzebny jest szczypak, a Czarusia odwiedza… Przeczytajcie sami!

To już czwarta – najbardziej tajemnicza – część naszych przygód i mamy nadzieję, że zaciekawią Cię one nie mniej niż te, o których słyszałeś. Tym razem Szymek będzie musiał „dać z siebie wszystko" i pokonać wiele trudności, aby odnaleźć jednego z nas.

Pozdrawiamy Ciebie i wszystkie przedszkolaki z Twojego przedszkola, zwłaszcza te, którym się nudzi! Czytaj o nas i wołaj nas w potrzebie! Nie zawiedziemy.

Twoje nudzimisie

# ROZDZIAŁ 1

## CZARY-MARY NA KOMARY!

Wieczór w Nudzimisiowie był ciepły i pogodny, jak większość wieczorów w krainie nudzimisiów. Jednak w odróżnieniu od nich był to wieczór pełen niespodzianek. Zresztą od chwili, kiedy zjawił się tu Szymek, zaszło bardzo wiele dziwnych wydarzeń. Najpierw zniknął Czarusiowy hamak…

Zniknięcie to spowodował Szymek podczas nauki korzystania z nowej umiejętności, którą został obdarzony w tej przepięknej krainie, a było nią wywoływanie niezwykłych zjawisk. Nazywano to czarowaniem, choć z czarami nie miało absolutnie nic wspólnego. Małe nudzimisie nie znały nawet takiego słowa. Kiedy usłyszały je po raz pierwszy, uznały, że ma to coś wspólnego z ich kolegą Czarusiem.

Dopiero po wyczerpujących wyjaśnieniach udało się ustalić, że słowo to jest odpowiednikiem CUDO-WANIA, czyli robienia rzeczy cudownych lub cudacznych. Szymek doskonalił te umiejętności przy każdej nadarzającej się okazji, dzięki czemu każdy wieczór poświęcony cudowaniu był dla wszystkich niezapomniany.

Podczas wspólnego spaceru brzegiem jeziora porośniętym gęstymi szuwarami nudzimisie wraz z Szymkiem zmuszone były opędzać się od komarów, owadów powszechnie znanych i nielubianych. Kiedy chmary krwiopijców bardzo dały się Gusi we znaki, zawołała oburzona:

– Gdybym tylko potrafiła cudować tak jak Szymek, zrobiłabym coś z tymi szkodnikami!

– Taak… – zająknął się zaskoczony chłopiec, po czym zastanowił się chwilkę. Chwilka ta przeciągnęła się, aż wreszcie bardzo skupiony **CUDODZIEJ** pstryknął palcami w powietrzu. Początkowo nikt nie zauważył różnicy, komary latały jak dotychczas, brzęcząc co chwila nad uchem to jednemu, to drugiemu nudzimisiowi. Hubek klepnął przyjaciela w ramię, informując go na pocieszenie:

– Nie martw się, dopiero się uczysz. To musi trochę potrwać.

Jednak już po chwili Gusia podniosła rękę, wpatrzona w siedzącego na niej komara. Owad, który dotąd kłuł każde odsłonięte miejsce, teraz zachowywał się zupełnie inaczej. Z kłujki przytkniętej do łapki nudzimisi na oczach zebranych wyrosła mała, biała perełka. Początkowo podobna do kropli rosy, delikatna i drgająca pod wpływem najmniejszego podmuchu wiatru, z każdą chwilą twardniała i bielała. Kiedy uformowała się na dobre, komar odleciał, a Gusia wzięła kuleczkę w łapkę, oglądając ją z zachwytem.

– Przepiękna! – wołała podekscytowana. – Ja chcę jeszcze!

– Pokaż, pokaż – prosili jeden przez drugiego, wyrywając sobie perełkę.

– Nie ma potrzeby tak się gorączkować – uspokajał Szymek ze śmiechem. – Komarów wystarczy dla wszystkich.

Po czym wskazał własną rękę, na której siedziały już dwa owady. Nie minęła nawet minuta, kiedy obok nich pojawiły się dwie niebieskie perełki.

– To dla ciebie, Gusiu – powiedział, podając obie kuleczki przyjaciółce.

Gusia tylko westchnęła, nie mogła bowiem wydobyć z siebie głosu, zachwycona taką odmianą nielubianych owadów.

– Teraz wszystkie dziewczyny będą chciały być gryzione przez komary – stwierdził Mutek. – Szkoda, że te paskudy nie robią gumy do żucia – dodał, patrząc z rozczarowaniem na perełki pojawiające się u kolejnych nudzimisiów.

– Te u chłopców są niebieskie – zdziwił się Hubek, zdejmując wielką perłę ze swojego czoła.

– Wspaniale, po prostu wspaniale, Szymonciu! – wołała Gusia. – Niech tylko dziewczyny zobaczą, co wycudowałeś…

– Postawią ci pomnik w centrum miasteczka – dokończył Mutek, nadal sceptycznie nastawiony do perłowych komarów.

Tymczasem grupka przyjaciół dotarła na skraj jeziorka. Tu właśnie zaczynał się Nudzimisiowy Las z Polaną Skaczących Jagód, kroczącymi drzewami i mieszkaniem stwora Łaskota. Las pełen smacznych owoców i tajemniczych miejsc. Las, który wszyscy kochali i o który dbali jak o własny dom. Tu, przy zupełnie zwykłych krzewach malin i jeżyn, takich, jakie wszyscy znają, rosły krzewy pączkowe. Owocami tych roślin były pączki nadziewane marmoladą z róży – jak na prawdziwe pączki przystało. Wprawdzie dojrzewały dopiero w pełnym słońcu, ale już teraz były na nich świeżutkie, dopiero co wypuszczone pączki. **PĄCZKI PĄCZKÓW** nie miały jeszcze nadzionka, ale były słodkie i pulchne. Zwykle nikt ich nie zrywał, czekając na w pełni dojrzałe, oblane lukrem owoce. Tego wieczora jednak zrobiono wyjątek. Małe pączuszki znikały z krzaka jak za dotknięciem czarodziejskiej różdżki. Najwięcej powędrowało do brzuszka Hubka, który brak nadzionka wynagradzał sobie dojrzałymi malinami.

– Myślę… – mówił łakomczuch – że dobrze by było zrobić coś z osami. Myślę też – ciągnął – że gdyby zostawiały cukierki marcepanowe, zamiast wbijać żądło…

– To u Hubka w ogrodzie na każdym drzewie byłoby gniazdo os – zakończył Mutek, nie przestając myśleć o gumach do żucia.

– Spokojnie, koledzy – wtrącił Szymek. – Nie można przesadzać. Wszystko należy robić z umiarem. Inaczej wasz świat stanąłby zupełnie na głowie.

– Zastanówmy się raczej nad sprawami naprawdę ważnymi – powiedziała Gusia, nacieszywszy się już perłami. – Jak możemy pomóc Szymkowi wrócić do domu?

– Ale czy on chce wracać? – Hubek najwyraźniej miał nadzieję na dłuższy pobyt przedszkolaka w Nudzimisiowie.

– Mhmm – zamruczał chłopiec. – Oczywiście, że chcę – dodał zaraz dla wyjaśnienia – ale niekoniecznie tak od razu. Najpierw troszkę zwiedzę waszą krainę… no i trzeba coś zrobić z Czarusiem.

– To fakt – zgodził się Hubek. – Jeśli nic nie poradzimy na Czarusiowe nudzenie, gotów ściągnąć nam

tutaj całe przedszkole. Nie żebym miał coś przeciwko, ale chyba zrobiłoby się zbyt duże zamieszanie.

– Masz rację – skinął głową Szymek.

Próba namówienia Czarusia na zabawę zakończyła się zupełną klapą. Nudzimiś zwyczajnie uciekł i nie miał zamiaru wracać – tak bardzo obraził się z powodu zniknięcia jego ulubionego hamaka. Początkowo szukał go jak szalony, ale kiedy dowiedział się o dowcipie przyjaciół przy dużym udziale Szymka, wyprowadził się gdzieś daleko. Daleko było naprawdę dalekie, bo nawet Najstarszy Nudzimiś nie potrafił go znaleźć, choć pomagał mu Buduś.

– Konieczna będzie wyprawa! – stwierdził wreszcie Hubek. – **WYPRAWA POSZUKIWAWCZA**.

Nudzimisie popatrzyły na siebie zachwycone pomysłem, jednocześnie pełne obaw o to, co może się zdarzyć podczas takiej wyprawy.

– Ale kto ją poprowadzi? – zapytał Mutek, który miał jeszcze w pamięci podróż do źródeł lemoniadowych pod dowództwem Budusia. Było to trudne i niebezpieczne przedsięwzięcie.

– Cóż… – zastanowił się Hubek. – Dowódca wyprawy musi być pomysłowy, mądry… odważny… – mówiąc to, podnosił głowę coraz wyżej i wyżej, bo chyba miał na myśli siebie.

– Rozważny – wtrąciła Gusia, studząc jego zapał.

– Musi mieć **AUTORYTET**! – zawołał Szymek, który zapamiętał to trudne słowo z przedszkola.

– Jakie auto? – dopytywał Mutek, mający już pokaźną kolekcję samochodzików.

– Nie żadne auto, tylko autorytet – wyjaśnił chłopiec. – To znaczy, że musi być szanowany i słuchany przez innych.

Najwyraźniej nie było chętnych na objęcie stanowiska dowódcy wyprawy i to był pierwszy poważny problem, przed którym stanęli. Postanowiono odłożyć wybór na później, by niepotrzebnie nie przeciągać przygotowań.

Tymczasem wieczór powoli się kończył, ustępując miejsca letniej księżycowej nocy, a nudzimisie wraz z Szymkiem były coraz bardziej zmęczone. Pewnie położyłyby się spać, ale…

Księżyc pokazał już całą swą złotą buzię, a wtedy Mutek się rozmarzył:

– Piękna noc, taka gwiaździsta i ciepła. Pobawiłbym się w wyścigi komet.

– Przyda się trochę rozrywki przed wyprawą – zgodził się Hubek.

– Nie znam tej zabawy – zainteresował się Szymek, którego słowo „wyścigi" od razu pozytywnie nastawiło do działania.

– To nic ciekawego – Gusia najwyraźniej nie przepadała za tą zabawą. – Ot, zwyczajne wyścigi, tyle że na kometach. Trzeba złapać taką za ogon i trzymać się mocno, bo kiedy wiruje pomiędzy gwiazdami, to jest taki zamęt w głowie… – tu nudzimisia nie mogła znaleźć odpowiedniego słowa.

– Fantastyczne! – zachwycił się Szymek. – To jak kolejka górska, tyle że jeszcze fajniejsze!

– Jest tylko jeden maleńki problemik – ostrożnie zaczął Hubek. – Jeśli dobrze pamiętasz, możemy wyczarowywać czy też cudować różne rzeczy w krainie ludzi. Tutaj, niestety, mamy mniejsze możliwości. Oczywiście jest to możliwe, ale bardzo skomplikowane i żeby nie utrudniać sprawy, byłoby lepiej, gdybyś to ty sprowadził te **SZALONE KOMETY**.

– Aaale jak? – zająknął się Szymek. – Nie mam pojęcia, jak to zrobić.

– Mas, mas – poklepał go Hubek, któremu jeszcze
zdarzało się zaseplenić troszkę w chwilach wielkiego
podekscytowania. – Tylko je wymyśl i zawołaj. Pa-
miętaj też, że nie będą to prawdziwe komety, więc
nie musisz się bać, nawet jeśli tu spadną.

Szymek przymknął oczy i rozpoczął trudną sztukę
wymyślania. Wszyscy czekali zaciekawieni, czy coś się
wydarzy, czy też raczej trzeba będzie położyć się spać.

Po długiej i męczącej minucie na niebie pojawiła się
pomarańczowa kula z grzywą niczym u lwa. Kiedy
zaczęła spadać, grzywa wydłużyła się we wspaniały
długi warkocz, który po gwałtownym zwrocie zawi-
nął się wokół Mutka. Nudzimiś czym prędzej chwy-
cił miękkie, czerwieniejące włosy komety jak lejce
i w jednej chwili został wyniesiony na nieboskłon.

– Hej, hej! – wołał z góry do przyjaciół.

– Nie ociągajcie się tak, bo nas ranek zastanie.

Ledwie zdążył to powiedzieć, a w kierunku Hubka pognała zielona, kudłata kula. Buzię miała roześmianą i wirowała, goniąc jednocześnie za swoim ogonem. Hubek, zadowolony z takiej komety, wtulił się w mięciutką zieleń i poszybował hen, między gwiazdy.

Gusia nie chciała się bawić w wyścigi, ale kiedy zobaczyła, co wymyślił dla niej Szymek, pisnęła tylko i zakryła buzię łapką. Kometa Gusi była biała jak śnieg, a jej długie iskrzące włosy zostawiały za sobą ślad, który niczym mgła rozpływał się po coraz ciemniejszym niebie. Gusia nawet nie musiała się trzymać, bo kometa otuliła ją swoim białym puchem jak kołderką i delikatnie uniosła w górę.

Wszyscy czekali tylko na Szymka, którego pojazd błyskawicznie się ku niemu zbliżał. Była to kometa czarna jak smoła, z czerwonymi oczami i jęzorem. Do tego grzywę miała rubinowoczerwoną w niebieskie paski. Wyglądała tak niesamowicie, że Szymek osłupiał. Kiedy unosiła się delikatnie nad ziemią, przypominała gorejącą kulę, której wiatr rozwiewa płomienie.

Gdy minęło pierwsze zaskoczenie, chłopiec wskoczył na kulę, a ta oplotła go grzywą tak, że widać mu było jedynie głowę. W jednej sekundzie znalazł się przy kolegach, zostawiając za sobą dywan purpurowych iskier.

– T… to się nazywa szalona kometa! – zawołał Hubek, któremu na widok pojazdu chłopca zrzedła mina. – Toż to prawdziwa wyścigówka!

– Do biegu, gotowi, start! – rzucił Mutek, po czym śmignął w kierunku Mgławicy Kwiat, nazwanej tak ze względu na jej kształt i kolory.

Hubek także nie czekał i jego zielona kula błysnęła tuż za Mutkiem. Nawet Gusia, zwykle sceptycznie nastawiona do wyścigów, wystrzeliła niczym biała strzała, przecinając wszechobecną czerń nocnego nieba.

– Robimy dwa okrążenia wokół Księżyca i wracamy! – zawołał Hubek, pięknie wchodząc w zakręt.

– Nie macie żadnych szans! – Mutek wysunął się
na prowadzenie.

Widok z dołu zapierał dech w piersiach. Po niebie
szybko przesuwały się kolorowe kule, a każda zosta-
wiała za sobą inny wzór, świecący jeszcze jakiś czas
niczym zorza polarna.

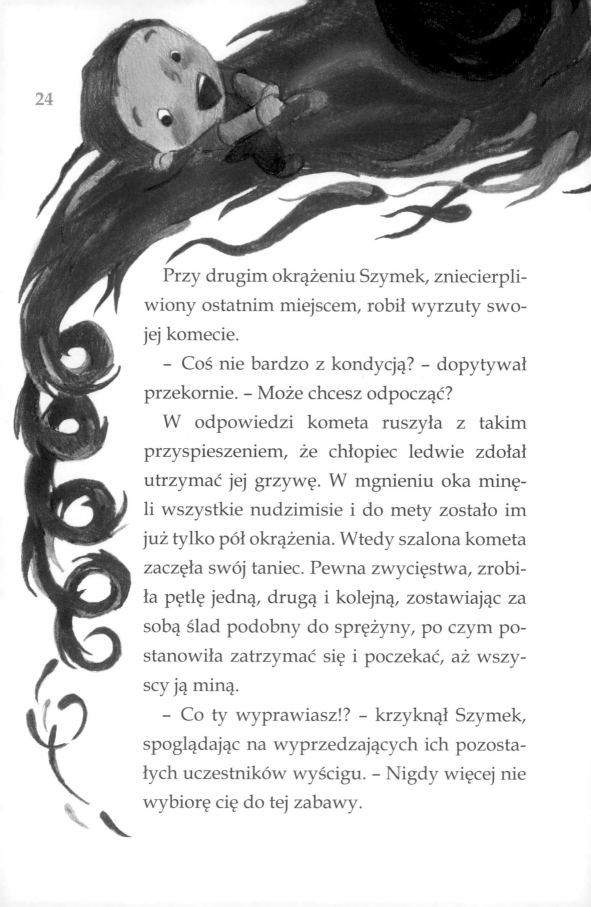

Przy drugim okrążeniu Szymek, zniecierpliwiony ostatnim miejscem, robił wyrzuty swojej komecie.

– Coś nie bardzo z kondycją? – dopytywał przekornie. – Może chcesz odpocząć?

W odpowiedzi kometa ruszyła z takim przyspieszeniem, że chłopiec ledwie zdołał utrzymać jej grzywę. W mgnieniu oka minęli wszystkie nudzimisie i do mety zostało im już tylko pół okrążenia. Wtedy szalona kometa zaczęła swój taniec. Pewna zwycięstwa, zrobiła pętlę jedną, drugą i kolejną, zostawiając za sobą ślad podobny do sprężyny, po czym postanowiła zatrzymać się i poczekać, aż wszyscy ją miną.

– Co ty wyprawiasz!? – krzyknął Szymek, spoglądając na wyprzedzających ich pozostałych uczestników wyścigu. – Nigdy więcej nie wybiorę cię do tej zabawy.

Kometa nagle ruszyła w górę, zupełnie ignorując trasę wokół Księżyca. Gwiazdy migały chłopcu przed oczami, a kolorowe mgławice, przez które przelatywali, rozpryskiwały się niczym bańki mydlane. Szymek nabrał powietrza w momencie, kiedy trochę zwolnili, po czym mocniej złapał się płomiennoczerwonych włosów komety. Zdążył w ostatniej chwili, bo kometa właśnie ruszyła znowu w kierunku Księżyca. Zrobiła wielki łuk i wpadła pomiędzy pierścienie Saturna. Przez chwilę wirowała między nimi, unikając zderzenia, a kiedy je minęła, wystrzeliła jeszcze szybciej, pozbawiając chłopca możliwości oglądania wspaniałych widoków. Szymek musiał mocno wtulić się w szaloną wyścigówkę, aby przypadkiem nie spaść w trakcie jakiegoś skrętu. Nagle kometa gwałtownie zahamowała i zaczęła kręcić się w koło niczym turlająca się piłka. Szymon podniósł głowę i zobaczył za sobą metę wyścigu. Właśnie wtedy mijali ją kolejno Gusia, Hubek i Mutek.

– O rany! Żyjesz?

– Niesamowita jazda! – zawołał Hubek. – Byłem pewien, że nie zdążysz przed nami.

– Leciała chyba z prędkością światła – zachwycała się Gusia, która zajęła bardzo dobre drugie miejsce. – Ja bym nie dała rady lecieć taką narowistą kometą.

Szymek dopiero teraz zaczął dochodzić do siebie. Dotarło do niego, że jednak wygrał zawody i to wyłącznie dzięki tej niesfornej, czerwono-czarnej kuli. Zeskoczył z niej z ulgą i ledwie utrzymał równowagę – tak bardzo trzęsły mu się nogi.

– Dziękuję! – zdążył krzyknąć, a kometa ruszyła w takim tempie, że po jednym mrugnięciu okiem nie było już widać jej płomiennej głowy, tylko czerwona łuna przez jakiś czas znaczyła na tle nieba przebytą drogę.

– No to po wszystkim – Mutek ziewnął przeciągle, zasłaniając pyszczek łapką.

– Trzeba iść spać, jutro zaczynamy przygotowania – zarządził Hubek.

– Gratulacje, Szymek – powiedziała Gusia. – Wygrałeś ten wyścig.

– Dzięki, ale one nie mnie się należą – przyznał chłopiec. – Ja tylko na niej siedziałem.

– Nie bądź taki skromny! – Hubek złapał Szymka za rękę i pociągnął w kierunku domu. – Nie wiem, czy ja dałbym radę utrzymać się na tej bestii do końca.

– A co dopiero nią kierować – dodała Gusia, czym wyraźnie poprawiła przyjacielowi samopoczucie.

– Ty też byłaś bardzo dobra!

– To najlepszy wyścig, w jakim brałam udział.

– Na pewno najbardziej szalony – przyznał zmęczony Hubek.

Tymczasem nad Nudzimisiowem zapadła już na dobre gwiaździsta noc. Trawa i zioła pachniały tak, że aż kręciło w nosie. Słowiki śpiewały w świetle księżyca przy akompaniamencie koników polnych oraz świerszczy. Czwórka przyjaciół z ochotą udała się na spoczynek, mając nadzieję na długi, spokojny sen.

# ROZDZIAŁ 2

## PRZYGOTOWANIA

Pod oknem Gusi muzykalie grały wesołe melodie. Kwiaty te budziły się z pierwszymi promieniami słońca, wydając przyjemne dźwięki do chwili pierwszego podlania. Podobnie było przed domkiem Hubka, ale on nie miał najmniejszego zamiaru wcześnie wstawać po wczorajszych nocnych wyścigach. Różnica między kwiatami dwójki przyjaciół była taka, że muzykalie Hubka nie były tak piękne i zadbane jak kwiaty Gusi. Fałszowały więc niemiłosiernie, zmuszając właściciela do nakrycia głowy poduszką.

Szymek spał w swoim domku posadzonym specjalnie dla niego tuż obok chatki Hubka. Wyrósł on w ciągu kilku godzin ze specjalnej sadzonki ogrodnika Bartka i od razu był gotowy do zamieszkania.

Chłopcu przeszkadzało fałszowanie muzykalii, więc choć chętnie by jeszcze pospał, wstał, podszedł do rurofonu, wybrał obrazek przedstawiający Hubka i zawołał, jak mógł najgłośniej:

– Huuubeeek!!!

Poczekał chwilę, jednak jego okrzyk nie przyniósł spodziewanego efektu, ponieważ Hubek był śpiochem jakich mało i trudno było mu przerwać słodką drzemkę. Chłopiec mruknął coś pod nosem i wyszedł z domku. W ogródku, wśród zieleni i zapachu kwiatów, nastrój wyraźnie mu się poprawił. Jego uwagę zwrócił długi niebieski kwiat, wyglądający trochę jak trąbka używana przez kibiców sportowych. Już miał go zerwać, kiedy dostrzegł pod nogami uschnięty, co prawda, ale wyglądający podobnie kielich kwiatowy. Niewiele myśląc, przytknął go do ust i…

Dźwięk, jaki się rozległ, był podobny do beczenia stada kóz oraz gwiżdżącej lokomotywy, tylko jeszcze głośniejszy! Chłopiec wypuścił kwiat z ręki i zatkał sobie uszy.

– Kto ma tak źle w głowie, żeby używać budziszka?! – usłyszał głos Gusi, która wybiegła z domu zaspana.

– Niech ja tylko dostanę tego grajka! – dobiegło od strony domu Mutka.

Szymek usprawiedliwiał się, jak umiał:

– Nie wiedziałem, że to coś narobi tyle hałasu. Chciałem jedynie obudzić Hubka, bo jego muzykalie strasznie fałszują i nie pozwalają spać.

– Nie był to najlepszy pomysł – Gusia powoli się uspokajała. – Ale skąd mogłeś wiedzieć…

– Teraz nie śpi już nikt oprócz Hubka – oznajmił zdziwionemu koledze Mutek. – On może spać w każdych warunkach.

– Jak to? Hubek się nie obudził?

– Pewnie, że nie. Jego może obudzić tylko jedno.

– Co takiego?

– Głód! – zawołali zgodnie Gusia i Mutek.

– Ale jak to? Mamy czekać, aż Hubek będzie głodny i sam się obudzi?

– Niekoniecznie – uspokajał Szymka Mutek. – Są sposoby na obudzenie tego łakomczucha. Tyle że wymaga to trochę wysiłku.

Wszyscy udali się do sypialni Hubka. Ujrzeli tam
nudzimisia przykrytego poduszką, śpiącego smacznie, jakby był środek spokojnej i cichej nocy.

– Wstawaj szybko! – zawołał Szymek.

Hubek nawet nie drgnął, co oczywiście nie zdziwiło Gusi i Mutka.

– W ten sposób możemy czekać do obiadu – stwierdził Mutek, po czym ściągnął kołderkę nudzimisia razem z jej właścicielem i poduszką na podłogę.

W odpowiedzi Hubek przekręcił się na bok, nie puszczając podusi nawet na chwilę.

– Wczoraj poszliśmy spać dość późno – usprawiedliwiała przyjaciela Gusia. – Nie ma na co czekać, trzeba go zanieść do wymyślacza śniadań i podstawić mu pod nos świeżutkie, pachnące jedzonko.

– Mamy go dźwigać taki kawał drogi? – przestraszył się Szymek.

– Nie będzie tak źle – uspokoił go Mutek. – Zawieziemy śpiocha na liściorolce. Tylko trzeba uważać, żeby nie odjechała tak jak ostatnim razem.

Natychmiast przystąpiono do działania. Hubek załadowany na jeżdżący liść, popychany przez Mutka, jechał powoli w kierunku centrum Nudzimisiowa.

– A co się stało ostatnim razem, kiedy Hubek wam niechcący odjechał? – dopytywał chłopiec z wyraźnym zainteresowaniem.

– Aaa… nic takiego.

– Wpadł do mlecznej fontanny – odpowiedziała Gusia zgodnie z prawdą. – Oczywiście spał nadal, cały zanurzony w mleku.

– Nie cały, tylko do połowy – sprostował Mutek. To z jego winy liściorolka wymknęła się wtedy nudzimisiom.

– Niesłychane! – Szymka aż zatkało z wrażenia.

– Nooo – pokiwała głową Gusia. – Leżałby tam do obiadu, tylko Czaruś podstawił mu pod nos pierogi z jagodami polane słodką śmietanką, które sam wymyślił.

– Taak, ale teraz nie ma Czarusia – sposępniał Mutek. – Kto wymyśli tak dobre jedzonko, żeby obudziło Hubka?

– Oczywiście Szymek – Gusia nie miała cienia wątpliwości, komu przypadnie w udziale wymyślenie śniadanka.

– Ja nigdy… – zaczął Szymek, ale Gusia nie pozwoliła mu dokończyć.

– Wiemy przecież, że nigdy nie używałeś wymyślacza śniadań. Jestem jednak pewna, że gdy nie ma

Czarusia, jedynie ty możesz wymyślić jedzonko, które obudzi Hubka. On zna już wszystkie nasze pomysły – dodała na usprawiedliwienie.

Droga minęła bardzo szybko. Cała czwórka ze śpiącym Hubkiem dotarła bez przeszkód do wymyślacza śniadań. Szymek, namawiany gorąco przez nudzimisie, zasiadł na foteliku pod kloszem.

– Tylko nie myśl o kilku potrawach naraz! – wołał Mutek. – Bo mogą wyjść z tego smażone ryby z dżemem albo lody z mięsem – ostrzegał.

– Łatwo powiedzieć, trudniej zrobić – mruczał Szymek.

Oczywiście pierwsza próba nie była zbyt udana, bo wymyślacz wyrzucił na ladę słodkie bułeczki nadziewane grzybami, w dodatku oblane lukrem o smaku zupy pomidorowej.

– Nie myśl od razu o obiedzie! – podpowiadała Gusia, która doskonale rozumiała, jak trudne zadanie ma do wykonania jej przyjaciel.

– Pomyśl o ulubionym śniadaniu – niecierpliwił się Mutek.

Nagle Szymek przypomniał sobie pyszne niedzielne śniadanko, specjalność jego mamy. Była to zwyczajna jajecznica! A może nie tak zupełnie zwyczajna? Bo czy jajeczniczka ze świeżutkich wiejskich jajek

przywożonych od babci, smażona na pachnącej kieł-
basce, z dodatkiem jeszcze bardziej pachnącej cebul-
ki może być zwyczajna? Całość ozdobiona paprycz-
ką i pomidorkiem, wyglądała tak samo apetycznie,
jak pachniała.

– Ale pyyyyycha! – wymsknęło się Mutkowi, kiedy zobaczył efekt Szymkowych marzeń.

– Czegoś takiego nigdy nie jadłam – stwierdziła Gusia, której żołądek zaczął się kurczyć od zapachu jajecznicy.

Po chwili na ladzie stały już cztery porcje śniadanka oraz talerz z pszennymi bułeczkami jakby dopiero wyjętymi z pieca.

– Co tak pachnie? – Hubek poderwał się na równe nogi, po czym rozejrzał się zdziwiony i zawołał: – Przywieźliście mnie, żebym nie musiał iść pieszo na śniadanie? Jestem naprawdę wzruszony. Dziękuję, przyjaciele. To bardzo ładnie z waszej strony!

Po czym, nie czekając nawet na odpowiedź, rzucił się na najbliższą porcję jajecznicy, przysuwając talerz z bułeczkami do siebie.

– Oddaj je, łakomczuchu! – oburzona Gusia natychmiast odzyskała głos. – To bułeczki dla wszystkich!

– Aaa – odparł Hubek ze zrozumieniem i wepchnął całą bułkę do pyszczka, biorąc dwie kolejne w wolną już łapkę. – Jeden talerz dla wszystkich? – upewnił się jeszcze.

– Tak! – krzyknęła Gusia. – Cały duży talerz bułeczek dla wszystkich.

– Dobrze, dobrze – uspokajał ją Hubek. – Zrozumiałem. Przecież się z wami podzielę.

– Dzięki, łaskawco, dobre sobie – podzielisz się z nami! – Mutek nie krył irytacji.

– Nie trzeba! – machnął łapką Hubek. – Nie dziękujcie. Ja zawsze jestem gotów podzielić się z wami… nawet ostatnią bułeczką.

Szymek obserwował tę scenę z wyraźnym rozbawieniem. Nie podzielał oburzenia nudzimisiów, bo pierwszy raz miał do czynienia z łakomstwem Hubka. Gotów był raczej wymyślić szybko drugi talerz bułeczek, niż się o nie sprzeczać. Rozumiał jednak, że w trosce o zdrowie kolegi nie powinien tego robić, więc czekał spokojnie na rozwój wydarzeń.

Tymczasem Hubek, skończywszy jeść jajecznicę, spojrzał na pozostałe trzy nakrycia i zapytał:

– Nie jesteście głodni?

– Jesteśmy! – zawołali jak na komendę przyjaciele i rzucili się do swoich talerzy.

– Łakomczuchy – stwierdził z zadowoleniem Hubek i poklepał się po pełnym brzuszku. – Jedzcie powoli, bo inaczej dostaniecie niestrawności.

Gusia ledwie zdołała przemilczeć tę uwagę i to tylko ze względu na to, że jajecznica szybko stygła. Mutek także nie chciał spierać się z kolegą. Jedzenie było zbyt pachnące, a brzuch nudzimisia zbyt pusty.

Po skończonym śniadaniu i krótkim odpoczynku natychmiast rozpoczęto przygotowania do wyprawy poszukiwawczej. Nudzimisie wraz z Szymkiem pakowały niezbędne wyposażenie: zapasy jedzenia i picia, liny, ciepłe okrycia, pałatki przeciwdeszczowe i inne, mogące się przydać, akcesoria. Zapasy jedzenia były dosyć skromne ze względu na to, że rosło ono wszędzie dookoła. Tylko z ostrożności zabrano jeden pakunek. Nudzimisie nie martwiły się także o zapasy wody, ponieważ ta rankiem spływała zawsze ze zroszonych liści. Większość ich bagaży stanowiły więc okrycia i liny. Spakowano wszystko w plecaki, tak aby ekwipunek jak najmniej przeszkadzał w podróży, z tym że w plecaku Gusi nie było lin i niczego, co by ją niepotrzebnie obciążało.

Kiedy bagaże były gotowe i nic nie stało na przeszkodzie, by wymaszerować, Gusia przypomniała sobie, że o wyprawie należy powiadomić Najstarszego Nudzimisia.

– Inaczej nasze zniknięcie mogłoby wywołać niepotrzebne zamieszanie.

– To prawda – zgodził się Mutek. – Gdyby nikt nie wiedział o naszym wymarszu, wyruszyłaby kolejna wyprawa poszukiwawcza poszukująca wyprawy poszukiwawczej.

Cała grupka udała się zatem do domku Najstarszego Nudzimisia. Okazało się, że było to bardzo dobre i rozważne posunięcie. Poszukiwacze nie tylko zapowiedzieli swoje zniknięcie na jakiś czas, ale dowiedzieli się, gdzie nie należy szukać Czarusia. Najstarszy Nudzimiś tylko sobie znanymi sposobami sprawdził, w którym miejscu na pewno nie przebywa uciekinier.

– Nie ma go w Lodowych Górach – poinformował poszukiwaczy. – Ani w Nudzimisiowym Lesie. Nie ma go na pewno w miasteczku ani w jego okolicy.

– To gdzie w takim razie może być? – niecierpliwił się Hubek.

– Tego niestety nie wiem, ale jedno jest pewne: każdy, kto będzie chciał znaleźć Czarusia, musi przejść wielkie Dzikie Łąki za Lodowymi Górami i odkryć nowy, nieznany nam świat.

– Ooo! – wyrwało się Mutkowi.

– Będzie to naprawdę historyczna wyprawa – powiedziała podekscytowana Gusia.

– Wszystko na to wskazuje, dlatego muszę was do niej przygotować.

– Przygotować!? Ale my wyruszamy już dzisiaj.

– Mowy nie ma! Od dzisiaj to wy zaczynacie trenować na specjalnym torze przeszkód pod okiem Budusia.

– O nie… – jęknęły nudzimisie.

– O tak! – zachwycił się Szymek, który bardzo lubił takie wyzwania.

Na nic się zdały sprzeciwy i słowa skargi, wszyscy musieli odbyć szkolenie dla członków wypraw odkrywczych, które obejmowało: poznanie różnych gatunków roślin i zwierząt, naukę udzielania pierwszej pomocy i radzenia sobie w trudnych warunkach. Początkowy entuzjazm Szymka osłabł po kilku lekcjach. Zwłaszcza po tym, jak razem z innymi uczestnikami kursu spędził całą noc pod pałatkami, polewany sztucznie wywołanym deszczem, a rano, zziębnięty i głodny, musiał przygotować jedzenie z nowo poznanych roślin i ich korzonków.

– Po co to wszystko? – biadolił Hubek. – Przecież wokoło rośnie tyle jedzenia.

– Skąd wiesz, czy rośnie tam, dokąd pójdziecie? – zapytał natychmiast Buduś, który odbył w swoim życiu niejedną wyprawę i był wspaniałym nauczycielem.

**44**      – Nie sądziłem, że życie poszuki-
wacza jest takie ciężkie – marudził
Mutek, który miał już powyżej uszu
chodzenia po drągach i kołkach, czoł-
gania i taplania się w błocie.

– To chyba lekka przesada! – de-
nerwowała się Gusia, kiedy przez
cały dzień musieli się obyć bez picia. –
Przecież u nas nie ma pustyni.

– Skąd wiesz? – zapytał spokojnie
Buduś. – Nikt jeszcze nie przeszedł
Dzikich Łąk.

I tak było przez calutki tydzień.
Nudzimisie nauczyły się w tym czasie rozpalać ognisko, znajdować jedzenie i picie, wystrzegać się niezna-
nych zwierząt i roślin, chodzić po

śladach, błyskawicznie się kryć oraz wielu innych umiejętności, niezbędnych dobrym wędrowcom. Szymkowi najbardziej spodobało się wciąganie po linie, czego nie można było powiedzieć o Hubku. Jego brzuszek okazał się taki ciężki, że mógł się unieść tylko na chwilkę, po czym spadał jak dojrzałe jabłko z drzewa.

– Nic z tego nie będzie – martwił się trener Buduś. – Nie zrobię z ciebie atlety w ciągu tygodnia. Będziesz musiał czasem liczyć na pomoc przyjaciół.

– To żaden kłopot – zapewnił Mutek, wspierając przyjaciela. – Nie każdy musi być szczupły jak trzcinka, a Hubek daje sobie doskonale radę w innych warunkach i najlepiej z nas pływa.

Wtedy ustalono, że wszyscy będą sobie pomagać, bo przecież każdy ma z czymś problemy i tylko razem mogą pokonać przeciwności.

– Skoro tak – Buduś nie krył swojego zadowolenia – trening przed wyprawą uważam za zakończony.

– Hurra! – ucieszyła się bardzo już zmęczona gromadka.

– Jestem głodny – poskarżył się Hubek, po czym rzucił się w stronę jeziorka, gdyż była właśnie pora obiadu.

Tym razem nikt go nie krytykował, co więcej, nawet Buduś ze śmiechem ruszył za nim.

– Najedzcie się, najedzcie – namawiał zdziwio-
nych poszukiwaczy. – To wasz ostatni dzień przed
wymarszem.

Do samego wieczora nikt niczego nie nakazywał
ani nie zabraniał grupie Szymka, bo tak nazwał ją
Buduś, rozwiązując tym samym problem wyboru
dowódcy. Wprawdzie chłopiec trochę się obawiał
takiej odpowiedzialności, ale był największy, najsil-
niejszy i do tego potrafił cudować. Jakby tego było
mało, najlepiej wypadł na kursie poszukiwaczy i Buduś nie wyobrażał sobie, aby ktoś inny mógł popro-
wadzić wyprawę. Późnym wieczorem, kiedy życie
w Nudzimisiowie ucichło, a pobliski las drażnił
nos ziołowo-świerkowym zapachem, małych
poszukiwaczy odwiedzili niemal wszyscy koledzy. Wyprawiono im takie
przyjęcie, jakiego dawno nie było
w krainie nudzimisiów. Każdy dawał im jakieś

rady i wskazówki. Wszyscy ofiarowali prezenty. Mali poszukiwacze oraz ich szef byli bardzo wzruszeni. Do późna nie mogli zasnąć i rozmyślali o nadchodzącej wielkimi krokami wyprawie. Rankiem, o pierwszym błysku słonecznych promieni, przyszli jeszcze Najstarszy Nudzimiś z Budusiem, by udzielić odkrywcom ostatnich wskazówek. Kiedy poszukiwacze znikali za zakrętem ścieżki, Buduś zawołał:

– Jestem pewien, że wam się uda!

Serca wędrowców mocno zabiły.

# ROZDZIAŁ 3

## WYPRAWA

Droga im się nie dłużyła, przemierzali ją szybkim krokiem. Jeszcze przed południem minęli kryjówkę Łaskota, który koniecznie chciał się przyłączyć do ekspedycji. Ledwie udało im się go przekonać, aby został.

– A kto będzie łaskotał nudzimisie? – Gusia była pewna, że stwór nie porzuci ulubionego zajęcia, jednak Łaskota bardzo nęciła wyprawa w nieznane. Zastanawiał się i zastanawiał, aż wreszcie stwierdził, że Nudzimisiowo rzeczywiście nie może istnieć bez niego.

– Dobra! Trudno! Jednak muszę zostać!

Do wieczora wyprawa przebyła drogę do Gór Lodowych. Nudzimisie pomagały sobie, zjeżdżając na liściorolkach. Wejście pod górę było jednak trudne i męczące, dlatego pierwszy nocleg powitano z nieskrywanym zadowoleniem. Kolejny ranek przyniósł nowe wyzwania. Droga wiła się w dół pomiędzy skałami i krzewami, które były większe od nudzimisiów. Zjeżdżano więc na liściorolkach bardzo powoli i ostrożnie, by nie wypaść z zakrętu i nie stracić równowagi. Żmudne to było zajęcie i wymagało nie lada wysiłku, więc Hubek sapał, Mutek pojękiwał, Gusia raz po raz wzdychała, a nawet cichutko popiskiwała. Tylko Szymek milczał, może dlatego, że mógł się co jakiś czas chwytać twardych gałęzi krzewów rosnących przy drodze, więc było mu troszkę łatwiej.

Popołudnie zastało Szymka i nudzimisie na Dzikich Łąkach.

– Tutaj kończy się nasza mapa – zauważył Szymek.

– A zaczyna przygoda – dodał Hubek.

Zaczęli się zastanawiać, czy dźwigać w dalszą drogę liściorolki, które swoje ważyły, a w trawie na niewiele mogły się przydać. W końcu postanowili je porzucić i lżejsi o kilka kilogramów wkroczyli na nieznaną ziemię.

Droga była teraz dużo trudniejsza. Wędrowcy musieli się przedzierać przez wysoką trawę, słońce prażyło niemiłosiernie, a wody w baniaczkach ubywało w nadzwyczajnie szybkim tempie. Szymek podjął więc decyzję o oszczędzaniu wody i żywności. Najbardziej nieszczęśliwy z tego powodu był oczywiście Hubek, ale reszta drużyny też spuściła nosy na kwintę.

Wędrowali i wędrowali, a wieczór zapadał nieubłaganie. Trawa wciąż był wysoka i gęsta, a osty i pokrzywy dodatkowo spowalniały marsz.

– W jaki sposób Czaruś przebył tak długą i trudną drogę? – zastanawiała się Gusia.

– Też o tym myślę – odparł Mutek. – Mam nadzieję, że nic mu się nie stało. O ile w ogóle tędy szedł.

Zanim ktokolwiek zdążył odpowiedzieć, gdzieś niedaleko zaszeleściła trawa i rozległo głośne:

– Derrrrr… derrr… deerrr… derrrr…

Dźwięk był tak niespotykany i głośny, że przestraszone nudzimisie skuliły się i schowały w trawie.

– Co za machina tak terkocze? – szepnął Hubek. – I co robi pośrodku łąki?

Szymek zmarszczył brwi i zastanawiał się chwilę, wytężając słuch.

– To nie maszyna, tylko derkacz.

– Co takiego? – zdziwił się Mutek, który po raz pierwszy usłyszał tę dziwną nazwę.

– Derkacz. Taki ptak mieszkający na łąkach. Nigdy o nim nie słyszeliście?

– Nieee.

– Całe szczęście… – zaczął chłopiec, a widząc zdziwione miny przyjaciół, dokończył szybko: – że słyszymy jego głos.

– Dlaczego? – dopytywała Gusia. – Nic z tego nie rozumiem.

– Gdzieś blisko musi być woda – wyjaśnił Szymek. – Derkacze mieszkają tylko w pobliżu wody, więc…

Nie dokończył, bo nagle tuż przed nimi wyskoczył z trawy nieduży, pokryty ciemnymi plamkami ptaszek, odbił się od nogi Szymka i fiknął koziołka.

– O rety, rety! – zawołał, rozglądając się niepewnie. – Nudzimisie! – krzyknął nagle zupełnie niezdzi-
wiony. – Jeszcze jeden kłopot.

– Skąd wiesz, kim jesteśmy? – wszyscy uczestnicy
wyprawy oniemieli z wrażenia.

– Skąd wiem? Nie dalej jak kilkanaście dni temu
jeden taki jak wy plątał się po łące. Gdyby nie ja, krą-
żyłby tu jeszcze do dzi-
siaj.

– Czaruś – westchnę-
li poszukiwacze.

– Czaruś – potwier-
dził ptak, kiwając gło-
wą. – Ale ty jesteś jakiś
dziwny – stwierdził na-
gle derkacz, patrząc na
Szymka. – Taki mało
puszysty… taki wyle-
niały… Całe futro ci
wyszło? – zapytał i nie
czekając na odpowiedź,
dodał: – Zostało ci tro-
chę na głowie.

– To nie futro, tylko włosy – zaperzył się chłopiec. –
I wcale nie jestem wyleniały.

Szybko wyjaśniono, kim jest Szymek i dlaczego nie ma futerka. Ten stan rzeczy trochę zaskoczył derkacza.

– Świat pełen jest dziwnych zwierząt – oznajmił filozoficznie. – Człowieki nie są jeszcze takie najbrzydsze. Ale teraz już lecę, bo muszę odszukać swoje dzieci. Nie mam czasu z wami gadać.

– Jak to? – zatroskała się Gusia. – Zgubiłeś swoje dzieci?

– Ależ skąd, same się zgubiły – wyjaśnił szybko Derdek, bo tak miał właśnie na imię ptak. – Gdyby słuchały rodziców, nie doszłoby do tego. Ale są ciekawskie i nieposłuszne jak większość dzieci, do tego myślą, że są mądrzejsze od dorosłych. Poszły pewnie nad rzeczkę i szukaj wiatru w polu.

– Chyba trzeba szukać nad rzeką, a nie w polu? – podsunął pomysł Szymon.

– Der der, to znaczy tak, tak – pokiwał głową derkacz – …nad rzeką. Muszę się spieszyć, noc zapada,
sowy zaczynają polować, lisy wychodzą z nor…

– To okropne! – zawołała Gusia. – Biedne maleństwa, same w nocy… Musimy mu pomóc.

– Oczywiście, że pomożemy – zgodzili się natychmiast pozostali członkowie wyprawy. – Pomagać
słabszym to nasz obowiązek.

– Dziękuję wam, moi drodzy – odparł derkacz. –
Jednak raczej trudno mi sobie wyobrazić, abyście
znaleźli moje dzieciaki.

– A to dlaczego? – zapytała Gusia.

**55**

– Po pierwsze, nie znacie tej okolicy i sami prędzej się zgubicie, niż kogoś znajdziecie. Po drugie, moje dzieci was nie znają i nawet gdybyście byli o krok od nich, będą udawały, że ich nie ma. Wprawdzie to jeszcze głuptasy i nieposłuszeństwo wpakowało je w kłopoty, pewnych zasad jednak przestrzegają. Po trzecie, my, derkacze, tak dobrze maskujemy się w trawie, że ogromnie trudno jest nas zobaczyć, jeśli tego nie chcemy.

– Z pierwszym punktem nie mogę się zgodzić! – zaprotestował Hubek. – Jesteśmy wyśmienicie przygotowani do wszelkich niebezpiecznych zadań. Dla mnie osobiście przeszukanie tych łąk w nocy to pestka.

– O nie – jęknęła Gusia, która dopiero teraz, słysząc przechwałki Hubka, zdała sobie sprawę z tego, jak trudne będzie stojące przed nimi zadanie.

Miny nudzimisiów i Szymka wyraźnie zrzedły, zmęczenie dawało im się we znaki, dokuczał głód oraz brak wody.

– No dobrze, chodźcie za mną – powiedział nagle derkacz. – Byle szybko. Zaprowadzę was nad rzekę do żeremi bobrów. Tam spokojnie przenocujecie.

Jak postanowił, tak zrobił. W ciągu kilku minut dotarli razem nad niedaleki strumyk, który kawałek dalej wpadał do nieco większej rzeki. Rzeka ta, choć niewielka i zasłonięta drzewami porastającymi brzegi, była przegrodzona tamą bobrów. Tama, zagrodziwszy drogę wodzie, spowodowała, że utworzyło się szerokie rozlewisko, otoczone trzcinami i niewielkimi krzewami.

– Hej, hej Derdek! – rozległo się z wody, kiedy tylko stanęli nad brzegiem rzeki.

– Hej, hej! – odkrzyknął derkacz. – Witaj, Kala. Jak zdrowie?

– Po bobrzemu – odparło coś, co wystawiło pysk z wody. – Szukasz może swojej gromadki? – zapytała bobrzyca, wyłaniając się powoli ze strumienia. – Bawią się z moimi maluchami w szuwarach.

– O szczęście moje! – zawołał uradowany derkacz, po czym zmienił ton i dodał groźnie: – Niech no je tylko dostanę w swoje skrzydła!

– Zasłużyły na karę – Kala, pomimo że była z natury łagodna, poparła derkacza. – Nawet tak samodzielne dzieci jak twoje muszą słuchać rodziców. Inaczej źle się to dla nich skończy.

Derkacz podziękował starej znajomej za radę i po-
prosił jeszcze, aby zajęła się podróżnikami. Sam zaś,
nie czekając na jej zgodę, pognał jak szalony za wska-
zane trzciny. Hubek i Gusia natychmiast zaprzyjaź-
nili się z nową znajomą i już po kilku minutach ga-
wędzili ze sobą niczym starzy przyjaciele. Szymek
i Mutek rozłożyli niewielki obóz tuż obok domu
bobrów. Uzupełnili też zapasy wody i zjedli resztki
prowiantu.

– Nareszcie – westchnął Hubek po sutej kolacji.

– Nareszcie – potwierdzili
zgodnie pozostali podróżnicy.

– Nareszcie co? – dopy-
tywała bobrzyca, nie ro-
zumiejąc, co mają na
myśli.

– Nareszcie odpoczynek – poinformował ją ochoczo Mutek.

– No i jedzenie – dodał Hubek, zadowolony z kolacji.

– Wszędzie dobrze, ale w domu najlepiej – filozoficznie stwierdził Szymek i nagle zrobiło mu się smutno. Przypomniał sobie własne łóżko, rodziców i siostrę.

– Nie martw się – pocieszała Gusia, widząc minę chłopca. – Na pewno szybko znajdziemy Czarusia, a potem… zobaczymy.

Zanim wszyscy zasnęli, mama boberków opowiedziała im jeszcze o życiu na łące i mieszkających tam zwierzętach. Okazało się, że derkacze i bobry doskonale dają sobie radę nawet w nocy. Podróżnicy dowiedzieli się, że bobry budują żeremie jedynie w miejscach, w których rzeka ma niskie brzegi i nie można wykopać nory. Cała bobrza rodzina odżywia się korą i gałązkami drzew liściastych – najchętniej wierzbowymi.

Noc była gwiaździsta i pogodna. Wszyscy zasnęli niemal jednocześnie, nie widząc ani nie słysząc niczego, co się wokół nich działo.

Kiedy pierwsze promienie porannego słońca połaskotały Hubka w nosek, ten ziewnął przeciągle i przekręcił się na bok. Nie inaczej rzecz się miała z resztą przyjaciół, którzy spali jak przysłowiowe susły. Dopiero kiedy rosa zaczęła kapać z liści pobliskiej wierzby wprost na ich nosy, budzili się jeden po drugim.

– Och, jaki miałam cudowny sen! – zawołała Gusia, kiedy tylko otworzyła oczy.

– Co takiego ci się przyśniło? – ziewnął Mutek, pytając raczej przez grzeczność niż z ciekawości.

– Śniło mi się, że byłam królową motyli – odparła rozmarzona Gusia. – Miałam taką piękną koronę i…

– Jeść mi się chce – głodny Hubek bez ceregieli uciął opowieść nudzimisi.

– Ja też jestem głodny jak smok – przyznał się Szymek.

– Szkoda, że nie ma wymyślacza śniadań – zawołał Mutek, wstając energicznie z kocyka. – Ostatnio dobrze Szymkowi poszło z tą jajecznicą.

– O tak – pokiwał głową chłopiec i zamyślił się głęboko. Przypomniał sobie stół zastawiony bułeczkami. Takimi zwyczajnymi, z dżemem, miodem, serkiem. Zazwyczaj czekały na niego po przebudzeniu w kuchni, przygotowane przez mamę. Szymek westchnął głęboko i podniósł się ze swojego posłania. Wtedy stało się coś niesłychanego. Kiedy spojrzał na wydeptany plac przed sobą, zobaczył coś, o czym właśnie myślał: mały kuchenny stolik zastawiony bułeczkami. Zupełnie takimi, JAKIE ROBIŁA MU MAMA.

– Och, Szymek, ty nasz cudodzieju! – zawołała Gusia.

– Dobre! – wykrzyknął Hubek. – Zrobiłeś to sam?
Bez wymyślacza śniadań?

Szymek zupełnie nie wiedział, jak to się stało.

– To… niechcący… – tłumaczył.

– Chcący czy nie, śniadanko jest przednie – odparł
Mutek. – Jedz, póki Hubek nie wyczyści wszystkiego.

Hubek nie skomentował przytyków przyjaciela.
Zajadał z wilczym apetytem, świata nie widząc i nie
słysząc.

Kiedy brzuszki członków ekspedycji wypełniły się niemal do końca, stolik nagle zniknął, tak jak się pojawił.

– Jesce nie skońcyłem – skarżył się Hubek, sepleniąc ze zdenerwowania.

– Nie ma co narzekać – upomniała go Gusia. – Najedliśmy się wystarczająco. Czas wyruszać w drogę.

– Co prawda, to prawda – zgodził się Hubek. – Musimy przebyć te łąki, zanim skończą się nam zapasy. Nie zawsze będzie się nam pojawiał nakryty stoliczek – oznajmił, po czym bez zbędnych ceregieli zarzucił plecak na ramiona.

– Hola, hola, a dokąd to? – rozległo się za plecami podróżników. To bobrza mama wyszła z żeremi pożegnać nowych przyjaciół. – Sami nie pójdziecie – oznajmiła głośno. – Odprowadzi was mysz Alfonsa, która idzie w odwiedziny do kuzynki, na skraj Wielkich Dmuchawców.

Zanim ktokolwiek zdążył odpowiedzieć, na polance pojawiła się mała, brązowa myszka z ciemną pręgą na grzbiecie i długim ogonkiem. Rozejrzała się bojaźliwie wokoło i zapiszczała:

– Ruszamy… szybko! – po czym podreptała przed siebie, nie czekając na podróżników.

Okazało się, że mysz jest bardzo, ale to bardzo bojaźliwa i ostrożna. Bała się dosłownie wszystkiego i co chwila chowała się pod jakimś liściem lub kamieniem. Hubek próbował nawet dopytywać, czego się obawia, lecz kiedy mysz zaczęła wymieniać, okazało się, że znacznie łatwiej byłoby powiedzieć, czego się nie boi. Mała polna myszka miała bowiem wielu wrogów, na których musiała uważać. Były to na przykład: koty, lisy, jeże, łasice, gronostaje, wrony, sroki, pustułki, zaś na dźwięk słowa „myszołów" futerko stroszyło się jej ze strachu.

– Dobrze, że nie jestem myszą – zamruczał Hubek.

– Co to za życie, w ciągłym strachu – wyszeptał mu do ucha Mutek.

– Taki już los polnej myszy – odparła niespodziewanie Alfonsa, która miała doskonały słuch.

Myszka była wyśmienitym przewodnikiem. Już po dwóch godzinach doprowadziła ekspedycję poszukiwaczy na skraj trawiastej łąki, po czym wskazała im dalszą drogę i nie czekając na podziękowania, zniknęła w pobliskiej gęstwinie.

Przed podróżnikami rozpościerał się wspaniały widok – łąka dmuchawców. Były to olbrzymie kwiaty mniszka, których spora część przekwitła, tworząc nasionka zaopatrzone w białe puszyste spadochrony. Kwiaty te były większe nawet od Szymka, więc wyglądały raczej jak białożółty las, a nie łąka.

– Jak my przez to przejdziemy? – zdumiał się Hubek.

– Będzie ciężko – Mutek ze zdziwienia aż usiadł i spojrzał na rozległą dolinę pokrytą puszystym dywanem.

– Pięknie tu! – zapiszczała Gusia, której od widoku olbrzymich kwiatów aż zakręciło się w głowie.

Podróż została tymczasowo wstrzymana. Trzeba było obmyślić plan przedostania się przez ten niezbadany gąszcz kwiatów. Niestety nikomu nic nie przychodziło do głowy i przedłużający się postój wszystkich zaczął denerwować. Kiedy już niemal postanowiono wielki odwrót, zaczął wiać wiatr. Z każdym jego podmuchem od dmuchawców odrywały się nasionka, które niesione wielkimi spadochronami, przemieszczały się daleko, dokąd wzrok nie sięgał.

– Mam pomysł! Polecimy na gapę! – wykrzyknął Szymek, widząc unoszące się nasionka, po czym złapał odrywający się pod wpływem kolejnego podmuchu mniszkowy parasol, oplótł go nogami i usiadł wygodnie na dolnej części.

Za Szymkiem podążyły kolejno wszystkie nudzimisie. Niesione wiatrem nad bajkową łąką trzymały
się swoich spadochronów, podziwiając z góry nie-
zwykłe widoki.

– Obyśmy tylko wylądowali – niepokoiła się Gusia.

– Żeby wiatr się nie zmienił – dodał Mutek. – Bo
wrócimy tam, skąd przyszliśmy.

– Nie ma obawy – uspokoił ich chłopiec. – Nie wi-
działem tych dmuchawców w waszej krainie, więc
wiatr musi tutaj być wyjątkowo stały i wieje w jednym kierunku.

– Buduś miał rację, wyznaczając cię na dowódcę
wyprawy – pochwalił Szymka Mutek.

– Myślisz zupełnie tak jak ja – dodał Hubek, co
w jego mniemaniu było wielką pochwałą.

Podróż tymczasem przebiegała raczej spokojnie,
jedynie co jakiś czas spadochrony nabierały dzikie-
go pędu, wirując i obracając się w koło. Zupełnie
jak na karuzeli. Tylko parasol Hubka nie chciał się
obracać. Nudzimiś był zbyt ciężki i w pewnym momencie zaczął nawet opadać. Dopiero pochwycenie
drugiego puszystego parasola pozwoliło Hubkowi
swobodnie podróżować razem z brzuszkiem i ba-
gażem.

Wkrótce powietrzna karuzela zaczęła powoli zwalniać. Dmuchawce zniżały lot, a wiatr cichł coraz bardziej. Wreszcie zupełnie przestało wiać, a spadochrony delikatnie opuściły się na ziemię.

Łąka w tym miejscu przechodziła w wielki i tajemniczy las. Inny niż te znane nudzimisiom i zupełnie inny niż las znany Szymkowi. Kiedy przeszli wzdłuż linii drzew, dotarli do ścieżki prowadzącej w głąb puszczy. Nad drogą ginącą w mroku był umieszczony wielki kolorowy napis:

# ROZDZIAŁ 4

## LAS MARZEŃ

W tym lesie nic nie było normalne. Skraj gęstej puszczy porastały krzewy szyszkomalin, na których rosły, jak wskazuje nazwa – szyszki i maliny. Połączenie trochę dziwne, nawet dla nudzimisiów. Maliny były wielkie i smaczne, więc Szymek najadł się ich do woli. Hubek natomiast, powodowany kulinarną ciekawością, sięgnął po szyszkę, której zapach nie dawał mu spokoju. Ugryzł ją ostrożnie i posmakował, po czym bardzo zdziwiony zawołał:

– Te szyszki są czekoladowe!

– Czekoladowe? – zdumieli się wszyscy i nie czekając na potwierdzenie, rzucili się w stronę smakołyków.

– Wspaniałe krzewy! – zachwycał się Mutek. – Koniecznie trzeba będzie wziąć sadzonkę dla ogrodnika Bartusia.

– Koniecznie – poparła go Gusia, której bardzo spodobały się czekoladowe szyszki.

– Ciekawe, co niezwykłego spotkamy jeszcze w tym lesie? – sapnął Hubek. – Dalsza podróż zapowiada się przyjemnie… i smacznie – dodał zadowolony.

Pobocze drogi prowadzącej w głąb lasu porastały paprocie i skrzypy. Paprocie zmieniały kolor w zależności od miejsca, z którego się na nie patrzyło. Raz były zielone, raz niebieskie, a innym razem czerwone. Skrzypy zaś miały kolor zielony – zupełnie jak zwyczajne skrzypy. Jednak trącone nogą czy ręką stawały się przezroczyste. Do tego świeciły zielonkawą poświatą. Wszystko to tworzyło naprawdę tajemniczą atmosferę. Drzewa owocowe, które rosły nieco głębiej, kłaniały się idącym drogą podróżnikom, pochylając korony pełne smakołyków. Można było bez wysiłku zrywać świeże banany, pomarańcze, nektarynki i mango.

– Wszystko, czego dusza zapragnie – stwierdził Szymek, zajadając pachnącego banana.

– Wszystko! – odparł ktoś zza rosnących nieopodal krzewów.

Podróżnicy zatrzymali się jak na komendę, a Hubek odważnie rozchylił gałęzie i zauważył dziwnie ozdobioną norę. Nora ta sama w sobie była zupełnie zwyczajna, ale wokół niej wisiały w pęczkach kotlety mielone, schabowe, serdelki, kiełbasy i inne mięsne przysmaki, na ziemi zaś, ułożone w niewielkich kopcach, leżały piękne marchewki, jabłka, gruszki, śliwki, grzyby i nieznane nudzimisiom korzonki oraz bulwy.

– Podoba się? – zapytał nagle tajemniczy głos, czym spowodował, że cała odwaga w jednej chwili opuściła nudzimisie, a Hubek podskoczył niczym kangur akrobata.

– Nie tak nerwowo. Nie masz się czego obawiać – spokojnie wysapał zwierz, wydostając się z podziemnego tunelu, których było co najmniej kilka. Zwierz był niezbyt duży, pokryty futrem w białoczarne pasy, do tego miał sympatyczny długi pysk zakończony czarnym, węszącym noskiem.

– Ktoś ty? – zapytał podenerwowany Hubek.

– Bazyli – odparło zwierzę, zdziwione pytaniem. – Borsuk Bazyli – dodał, widząc pytające miny czwórki przyjaciół.

– Nie bój się, Hubciu, zaśmiał się teraz Mutek. – To tylko Bazyli, a nie bazyliszek. Na pewno nie zje nudzimisia, nawet takiego tłuściutkiego.

– Nie zje – potwierdził ochoczo borsuk i zaśmiał się, trzęsąc brzuchem.

– Dlaczego masz tak dziwnie ozdobioną norę? – zapytał Szymek.

– Ozdobioną? – zdziwił się Bazyli. – Co za pomysł? To nie są żadne ozdoby, tylko moje dzisiejsze śniadanie, obiad i kolacja.

– Aaa… – Mutek ze zrozumieniem pokiwał głową. – Zrobiłeś sobie zapasy, żeby nie brakło ci jedzenia.

– Co to, to nie – odparł borsuk. – Wszystko, co widzicie, pojawia się, kiedy tylko zechcę. W tym lesie nigdy niczego nie braknie i nie trzeba robić żadnych zapasów. Sami się przekonacie, kiedy pobędziecie tu dłużej.

– Nie mamy takiego zamiaru – poinformował go Hubek. – Szukamy naszego przyjaciela, Czarusia. Kiedy już go znajdziemy, wracamy razem do domu, natychmiast.

– Ha, ha, ha! – zaśmiał się borsuk. – Bardzo ciekawe. Wracacie do domu… i to zaraz – śmiał się coraz głośniej.

– Ja w tym nie widzę nic śmiesznego – nie wytrzymał Szymek, a Mutek natychmiast go poparł.

– Oczywiście… że jest – borsuk nie przestawał się śmiać. – To jest Las Marzeń. Stąd nikt nie chce wracać. Także wasz przyjaciel i wy zostaniecie tu na zawsze – powiedział i skrył się w jednym ze swoich licznych korytarzy.

– Nikt nie chce stąd wracać? – dziwiła się Gusia. – Co za pomysł? Ten Bazyli nie jest chyba zupełnie zdrowy.

– Nie ma co się nim przejmować – orzekł Hubek. – Idziemy dalej?

– Oczywiście – zgodził się Szymek i natychmiast wyruszono w dalszą drogę. Pomimo zapału po dwugodzinnym marszu drużyna poszukiwaczy przebyła zaledwie kilkaset metrów. Raz za razem przystawali i podziwiali przeróżne niezwykłości. A to krzewy pokryte pierzynką z waty cukrowej, to znowu drzewa smoczkowe, które rozrzucały wkoło smakowicie pachnące smoczko-żelki, wreszcie leśny **COLOSPAD** buchający bąbelkami spienionej coli. Szymon, który miał wielką słabość do tego napoju, koniecznie musiał zrobić sobie w tym miejscu przerwę. Jakby tego było mało, pobliski gejzer wybuchał co kilka minut świeżo pieczonymi plasterkami ziemniaczków, czyli powszechnie znanymi chipsami. Szymek chciał tam nawet rozbić obóz, ale na szczęście nudzimisie szybko się opamiętały i zaraz ruszyły w dalszą drogę.

Dziwom jednak nie było końca. Tuż obok śródleśnego jeziora, czystego niczym kryształ, rozciągał się najdziwniejszy ogród, jaki kiedykolwiek widzieli. Był to **OGRÓD RYBNY** wydry Zofii. Na równo wypielęgnowanych grządkach rosły niezwyczajne kwiaty, warzywa i krzewy. Była tu więc leszczyna, na której rosły leszcze, kwitły ozdobne sumaki z wąsatymi sumami, swoją woń roznosiły krzewy kaliny

ze świeżymi linami. Pomiędzy krzewami stroszyły się grządki stoszprotek, które zamiast płatków miały małe morskie szprotki. Wszystko zaś okalał płotek zbudowany z tłustych, dorodnych płotek.

– Co ttto… jest? – Hubek aż się zająknął.

– Zatkało, co? – zawołała wesoło wydra krzątająca się między rybnymi grządkami. – Każdego zatyka – dodała dumnie. – To jest dopiero ogród!

– Taaa… – Szymek pokiwał głową z podziwem.

– Wygląda na to, że w tym lesie każdy dostaje to, o czym marzy – zastanawiała się głośno Gusia. – Teraz zaczynam rozumieć, co miał na myśli borsuk, mówiąc, że nikt nie chce stąd wracać.

– To bardzo niebezpieczne miejsce – oznajmił Szymek zaskoczonym kolegom. – Bardzo.

Wydra zaśmiała się, słysząc te słowa, i nic nie mówiąc, podlewała swoje rybne kwiatki.

– Musimy jak najszybciej odnaleźć Czarusia – ponownie zabrał głos Szymek. – Bo kto wie, czy nam się tu nie spodoba tak bardzo jak jemu.

– Nie myślisz chyba, że tu zostanę? – obruszyła się Gusia. – Mowy nie ma.

– Obyś miała rację – powiedział zamyślony chłopiec i pociągnął za sobą Hubka, nadal przyglądającego się wydrze.

Droga nie była łatwa. Uwagę podróżników raz po raz przykuwały piękne kwiaty, drzewa lub mieszkańcy lasu. Poszukiwacze trafili do dębowego zagajnika, który zamieszkiwał wilk Gabrych. Groźny zwierz siedział sobie za płotem i obserwował owce oraz krowy pasące się na polanie. O dziwo, wilczysko wcale nie chciało przez ten płot przeskoczyć. Wręcz przeciwnie, co jakiś czas rzucało się na niego i odgryzało sobie kawałek, zupełnie nie mając zamiaru zbliżać się do przebywających na polanie zwierząt. Po wnikliwej obserwacji wyszło na jaw, że płot ogradzający polankę jest zbudowany z pieczonych żeberek. Żeberka te przez cały czas odrastały i wilk jadł je w dowolnych ilościach, tak jak sobie wymarzył.

Nieco dalej spotkali niedźwiedzia leżącego pod wielką lipą. Nad głową misia wisiało ogromne gniazdo dzikich pszczół. Kiedy ziewał, do pyska spadał mu jeden plaster miodu, a że robił to kilka razy w ciągu dnia, nigdy nie musiał z wysiłkiem zdobywać pożywienia.

– STRASZNIE NIEBEZPIECZNE MIEJSCE – stwierdził z przekonaniem Hubek, któremu Las Marzeń coraz bardziej zaczynał się podobać. – Nic dziwnego, że nasz leniwy Czaruś znalazł tu dla siebie idealny dom.

– Ale to raj jedynie dla wyjątkowych leni i samolubów – dodała Gusia. – Zauważcie, że wszyscy mają to, czego zapragną, jedynie dla siebie!

– To prawda – potwierdził Szymon. **– LAS MARZEŃ JEST LASEM SAMOLUBÓW I LENI**.

Wydawało się, że wszyscy zgadzają się w jednej kwestii: że trzeba jak najszybciej opuścić to miejsce. Jednak kiedy mijali starą wierzbę rosnącą nad srebrzystym strumykiem, Gusia nagle zawołała:

– Patrzcie, kotki!

– Co z tego? – Mutek nawet nie spojrzał, wiadomo, że na wierzbie rosną kotki.

– Ale to są prawdziwe kotki! – zapiszczała zachwycona Gusia. – Maleńkie i puszyste!

– Dokładnie takie, jak być powinny – potwierdził Szymek, także nie przyglądając się drzewu. – Gałązki wierzbowe z kotkami zbiera się u nas dla ozdoby na Wielkanoc – poinformował przyjaciół.

– Ale one miauczą! – wykrzyknęła Gusia i pobiegła w kierunku drzewa.

Wtedy właśnie okazało się, że na gałęziach starej rozłożystej wierzby siedzą prawdziwe małe kotki.

Siedzą i miauczą, jakby zapraszały przechodzących podróżników do zabawy

– Chyba nie są głodne? – zatrwożyła się Gusia.

– O nie, nie w tym lesie – Hubek pokazał koleżance mleczny płyn spływający po gałęziach. – Mleka mają pod dostatkiem.

Gusia nie mogła się powstrzymać i chwyciła jednego maleńkiego kiciusia, który spacerował po najniższej gałęzi. Kotek natychmiast się do niej przytulił mrucząc z zadowolenia.

– Ojej, od razu mnie polubił! – zawołała Gusia i zaczęła głaskać kotka po łaciatym futerku.

Kiedy tylko zobaczyły to pozostałe kotki, natychmiast wszystkie zeskoczyły z gałęzi i zaczęły przymilać się do nudzimisi. Ta zaś, zachwycona do granic możliwości, przytulała na przemian wszystkie po kolei.

– Zawsze chciałam mieć kotka – tłumaczyła kolegom. – Takiego maluszka, którym mogłabym się opiekować, karmić go.

– Daj spokój – odezwał się Hubek. – Karmić zawsze możesz mnie, pozwolę ci się nawet pogłaskać.

– To nie to samo – odparła Gusia z wyrzutem. – Te maleństwa mnie potrzebują, są takie bezbronne i śliczne. Muszę z nimi zostać choć przez chwilkę.

– Co takiego?! – wykrzyknęli pozostali. – Mowy nie ma!

– Nie chcę was słuchać – odparła zawiedziona Gusia. – **ZOSTAJĘ Z MOIMI KOTKAMI I JUŻ**. Kiedy znajdziecie Czarusia, zabiorę je do domu – dodała.

– To naprawdę przestaje mi się podobać – stwierdził Szymon. – Ten las jest najgorszą przeszkodą, jaką przyszło nam pokonać.

– Racja – potwierdzili Hubek i Mutek. – Jednak na nas możesz liczyć. Nam niestraszne żadne pokusy.

Chłopiec ciężko westchnął i ruszył w dalszą drogę. O tym, jak bardzo myliły się nudzimisie, przekonał się już za zakrętem leśnej drogi. Była tam olbrzymia polana, porośnięta potężnymi dębami. Na jej środku stał pałac. Wejścia strzegła straż złożona z nudzimisiów-rycerzy, a nad bramą wisiał napis: „Witamy, królu Hubercie".

Podróżnicy mieli zamiar minąć ten zamek, aby uniknąć kłopotów, ale kiedy tylko stanęli na polanie, podbiegło do nich kilkunastu służących niosących królewskie szaty i koronę.

– Władco nasz! – zawołali, pochylając się przed trójką przyjaciół.

– Kto? – zdziwił się Szymek i nudzimisie. – Nie ma tu żadnego króla.

– Ależ jest – zapewnili służący, po czym zarzucili szaty na Hubka i nałożyli mu na głowę złotą koronę.

– Ja nie jestem żadnym królem – zapewniał nudzimiś. – Jestem… zwyczajny… Hubek.

– Władco nasz i królu, od teraz jesteś **HUBERTEM PIERWSZYM**, wyczekiwanym z utęsknieniem od wieków – odparli służący i zanieśli go na rękach do sali tronowej.

Szymek z Mutkiem, nie wiedząc, co począć, udali się za nimi. Sala była bardzo duża i wypełniona dziwnie ubranymi nudzimisiami. Wszyscy prawili Hubkowi mnóstwo komplementów, jaki to jest wspaniały, jaki mądry i dzielny. Wreszcie Mutek, nie wytrzymawszy już tych przesadzonych pochwał, zawołał:

– Co wy wygadujecie? To nie jest żaden król, tylko Hubek: łakomczuch i śpioch jakich mało.

W sali zapadła cisza jak makiem zasiał, a po chwili nastąpiło wielkie wzburzenie. Słudzy porwali Mutka i Szymka, wynieśli ich przed pałac i pokazali im drogę, którą niezwłocznie mieli opuścić królestwo Huberta. Hubek, usłyszawszy o swoim nieograniczonym majestacie, mądrości i potędze jakby zupełnie stracił zainteresowanie przyjaciółmi, zwłaszcza po tym, jak Mutek nazwał go łakomczuchem.

– A niech tam – pomyślał sobie. – ZOSTANĘ TU
jeden dzień lub dwa. Nacieszę się władzą, a potem
dołączę do wyprawy. Przecież nic złego się nie stanie. Tyle wieków na mnie czekali, nie mogę im od-
mówić – tłumaczył sobie własną próżność.

Tymczasem Mutek z Szymonem podążyli dalej le-
śną drogą, zapewniając się nawzajem o sile swoich
charakterów i o tym, że nie ulegną pokusom Lasu
Marzeń.

Nadchodził wieczór, półmrok zapanował pod ko-
ronami drzew. Dwaj poszukiwacze zaczęli myśleć
o odpoczynku. Mutek usiadł pod drzewem i oparł
się o gruby pień.

– Uff – rozległo się głośne westchnienie i wcale nie
był to głos nudzimisia. – Uff – rozległo się po raz kolejny, a drzewo, o które opierał się Mutek, nagle się
poruszyło i uniosło na korzeniach, na których lśniły
ogromne czerwone buty.

– Co u licha? – Mutek zerwał się na równe nogi. –
Drzewo w butach?

– Zgadłeś, przyjacielu – odpowiedziało drzewo. –
Zawsze marzyłem o podróżach, które dla nas, drzew,
są niedostępne. W tym magicznym miejscu moje marzenie zostało spełnione. Mogę sobie chodzić do woli,
gdzie tylko zechcę i kiedy mam na to ochotę.

– Jeżeli masz podobnych kolegów, to może się okazać, że cały las przejdzie jutro w inne miejsce – zauważył Szymon.

– O nie! – obruszył się dziwny rozmówca. – Tylko ja jestem drzewem w butach. Wymaga to bowiem pewnego poświęcenia, na które inne drzewa się nie zdobyły.

– Co to takiego? – zainteresował się Mutek.

– Właśnie – przyłączył się chłopiec.

– Jestem jedynym drzewem w tym lesie, w którego konarach żaden ptak nigdy nie założy gniazda. Żadne zwierzę nie zamieszka w mojej dziupli. Nikt nawet nie postawi obok mnie domu – powiedziało drzewo.

– Dlaczego? – zdumieli się podróżnicy.

– A jak sobie to wyobrażacie? Jaki ptak założy gniazdo na drzewie, które następnego dnia będzie stało w innym miejscu? Jaka wiewiórka czy kuna założy domek w dziupli, która wkrótce powędruje w dalekie kraje? Kto zbuduje dom w cieniu drzewa, którego za chwilę już nie znajdzie?

– To prawda – przyznał Mutek. – Wysoką cenę płacisz za spełnianie swoich marzeń o podróżach. Pewnie nie masz żadnych przyjaciół.

– Och – westchnęło drzewo. – Przywykłem już do tego i wcale mi nie żal śpiewu ptaków w koronie czy braku przyjaciół – to powiedziawszy, odwróciło się i szybko pomaszerowało przed siebie.

– **BIEDNE DRZEWO** – zasępił się Mutek. – Chyba jednak nie jest do końca szczęśliwe.

– Na pewno nie jest – z powagą przyznał Szymon. – Spełnianie swoich marzeń za wszelką cenę wcale nie jest takie dobre.

Zamyśleni poszukiwacze przygód i Czarusia postanowili przebyć jeszcze jeden odcinek drogi, tylko do kolejnego zakrętu. Las rozświetlił się blaskiem świetlików oraz jarzących się przy drodze skrzypów i paproci. Marsz był całkiem przyjemny i nic go nie zakłócało.

Kiedy zbliżała się już ciemna noc, postanowili ułożyć się do snu w lesie, ponieważ zmęczenie dawało im się we znaki. Szymek otulił się liściem pierzynowca, a Mutek zasnął tak, jak się położył. Było cicho i spokojnie. Las szumiał delikatnie nad ich głowami, szykując kolejną niespodziankę.

Poranek nadszedł wcześniej, niż się spodziewali. Szymek chętnie by jeszcze pospał, lecz Mutek wstał i zaraz zabrał się za szukanie śniadania. Nie było to trudne, bo kiedy tylko pomyślał o czymś, co chciałby zjeść, natychmiast znajdował to na kolejnym spotkanym krzewie lub drzewie.

– Rety, to niesłychane! – wołał do chłopca. – Tutaj jest wszystko, czego dusza zapragnie, albo jeszcze więcej!

– Nie zachwycaj się tak – pouczył go Szymon – bo to pierwszy krok do pozostania w tym miejscu na zawsze.

– Zapomnij – wzdrygnął się Mutek. – Nie dam się nabrać na takie sztuczki.

Po skończonym śniadaniu wyruszyli przed siebie z nadzieją w sercach, że podróż szybko się skończy. Postanowili nie przerywać marszu i zrobić wszystko, aby jeszcze tego samego dnia odnaleźć Czarusia.

– On musi być gdzieś tutaj – twierdził Mutek. – To idealne miejsce dla leniucha i marzyciela.

– Jestem o tym przekonany – zgodził się Szymon. – Pewnie znajdziemy go jeszcze przed południem.

Przecież ten las nie może się ciągnąć w nieskończo-
ność.

I tak, pokrzepiając się nawzajem, dotarli do pierwszego przecięcia dróg. Na rozdrożu stały duże tablice informacyjne. Jak można się było spodziewać, nie
były to zwyczajne tablice. Wyświetlały bowiem ru-
chome obrazy i wydawały dźwięki. Do tego na każdej, zamiast informacji, widniały zagadki. Mutek,
który bardzo lubił łamigłówki, natychmiast przystą-
pił do ich rozwiązywania.

Poszło mu nadzwyczaj łatwo, ale kiedy je odgadł, tablice obróciły się, chwaląc głośno mądrość i inteligencję Mutka, po czym wyświetliły kolejne zagadki. Zaciekawiony nudzimiś przeczytał pierwszą i uznał, że rozwiązanie jest niemożliwe. Już miał zrezygnować, kiedy tablica sama mu podpowiedziała.

– Oczywiście! – wykrzyknął. – Teraz to jest jasne. Że też sam na to nie wpadłem.

Kolejna zagadka była jeszcze ciekawsza, ale i trudniejsza. Do jej rozwiązania Mutek potrzebował kilku rzeczy, które musiał zdobyć w lesie.

– Czekaj no! – zawołał Szymon. – Nie rób tego! Zaczynasz się zachowywać jak ja, kiedy dostałem nową grę komputerową – doskonale pamiętał, jak mama i tata nie mogli go od niej odciągnąć.

– Szymciu kochany, co ty opowiadasz? – wołał Mutek. – To nic takiego. Przecież MUSZĘ ODGADNĄĆ TE ZAGADKI, żeby tablice pokazały nam właściwy kierunek.

Nic nie można było poradzić. Mutek tak się zapalił do rozwiązywania zagadek, łamigłówek, rebusów i zadań, że nie chciał słyszeć o zakończeniu zabawy. Do tego tablice najwyraźniej specjalnie „podchodziły" Mutka, zapewniając przy każdej okazji, że jest bardzo mądry i że jeśli nie jemu, to już nikomu nie uda się niczego rozwiązać. Wyzwania, które stawiały przed Mutkiem, były coraz ciekawsze i bardziej wciągające. Musiał bowiem wykonywać wiele zadań zręcznościowych, znajdować ukryte przedmioty i pokonywać tory przeszkód.

Kiedy okazało się, że Mutek jest prawie najlepszym rozwiązywaczem zadań, z jakim tablice miały do czynienia, i jest na drugim miejscu ich listy zwycięzców, żadna siła nie była w stanie powstrzymać go od kontynuowania gry…

– Szymonie – odpowiadał na prośby chłopca – przecież widzisz, że **NIE MOGĘ TERAZ IŚĆ DALEJ**. Każdy na twoim miejscu zrozumiałby to bez problemu.

Chłopiec, widząc, co się stało, zrezygnował z dalszych prób przekonywania Mutka. Postanowił sam odnaleźć Czarusia. Tablice cicho chichotały, spoglądając za odchodzącym Szymonem. Mutek zaś jakby zapomniał o misji i myślał już tylko o zabawie.

Tymczasem Szymon raźno szedł przed siebie. Las jakby gęstniał i chłopiec miał wrażenie, że wchodzi w jego najgłębszą głębię.

– Dziwne to – myślał sobie. – Wydawało mi się, że las już się kończy, a tu nagle ścieżki się plączą i wchodzę w coraz dziksze miejsca. Czyżbym się pomylił?

Rozmyślając tak, szedł cały czas prosto, nie zbaczając z drogi. Zupełnie nie zwracał uwagi na pojawiające się coraz to nowe rozdroża. Szedł i szedł, aż dotarł do szpaleru dorodnych brzóz, które zazwyczaj rosną na skraju lasu. Śmiało przeszedł obok białych pni, a kiedy je minął, jego oczom ukazała się wielka kwiecista łąka.

– Jak to? – pomyślał chłopiec. – Czy to koniec Lasu Marzeń? Tak nagle i w najmniej spodziewanym momencie?

Wszedł niepewnie w trawę i rozejrzał się uważniej. Widok, jaki miał przed oczyma, zapierał dech w piersiach. Były to wzniesienia zdobione ziołami i trawami, nad którymi latały motyle i śpiewały skowronki. Pomiędzy pagórkami szeroką wstęgą płynęła rzeka, a na jej brzegu, w dolinie, widać było skupisko znajomych mu drzew. Udał się w tym kierunku, wiedziony dziwnym przeczuciem, że spotka go tam coś, na co czekał.

Kiedy był już blisko, rozpoznał te drzewa. Były to drzewa hamakowe, rosnące zawsze parami – po dwa obok siebie. Między nimi rozpościerały się włókna hamakowe, tworząc siatkę wykorzystywaną przez nudzimisie do leżenia. Znajomy był też ogród i domek, wokół którego rosły przytulie i powoje.

– To domek Czarusia! – wykrzyknął zdziwiony, ale i uradowany Szymon.

Czym prędzej przeszedł przez ogród, dotarł do wejścia domu, a tam przy głównej alejce krzątał się…

– CZARUŚ! – wykrzyknął Szymon, ledwie łapiąc powietrze.

Nudzimiś, który dotąd nie zwrócił uwagi na gościa, skoczył na równe nogi i rzucił się chłopcu na szyję.

– Szymonku, jak mnie tutaj znalazłeś? – zawołał nie mniej zdziwiony od niego.

– Sam nie wiem – tłuma-
czył Szymek. – Szedłem…
szedłem i doszedłem.

– Tak bardzo się cieszę,
nie masz pojęcia, jak bardzo – zapewniał Czaruś. –
Strasznie chciałem wrócić
do Nudzimisiowa, ale… –
urwał w pół zdania.

– Ale co? – dopytywał
Szymek.

– Nie mogę przejść przez Las Marzeń, wciąż wracam w to samo miejsce – odparł smutno nudzimiś.

– Mogłem się tego spodziewać – pokiwał głową chłopiec. – To będzie największa przeszkoda, ale razem musi nam się udać – zapewnił kolegę na pocieszenie. Sam jednak nie był tego tak do końca pewien.

Czaruś, bardzo uradowany niespodziewaną wizytą przyjaciela, biegał jak szalony, chciał się szybko spakować i natychmiast wyruszyć w drogę powrotną. Szymkowi ledwo udało się powstrzymać go od tego zamiaru.

– Gdy nudzimiś się spieszy, to się licho cieszy – zacytował sprawdzone wielokrotnie przysłowie.

Czaruś zgodził się przełożyć wymarsz na kolejny dzień i postanowił opowiedzieć Szymkowi o wszystkim, co spotkało go w Lesie Marzeń.

– Dlaczego nie leżysz w swoim hamaku i nie odpoczywasz? – dziwił się Szymon. – Przecież zawsze chciałeś mieć takie życie.

– Chciałem – przyznał nudzimiś. – I nawet miałem. Mieszkając w Lesie Marzeń, miałem wszystko, czego dusza zapragnie. Wystarczyło, że o czymś marzyłem, a już za chwilę pojawiało się to w okolicy.

– Nie rozumiem – dziwił się chłopiec – dlaczego w takim razie z tego zrezygnowałeś?

– Na początku było fajnie – tłumaczył leniwy niegdyś nudzimiś.     –

Całymi dniami leżałem, nic nie robiąc. Nawet nie musiałem wstawać.

– O to właśnie ci chodziło – przypomniał Szymon. – Lubiłeś się nudzić jak żaden nudzimiś.

– Lubiłem – przyznał Czaruś. – Ale czym innym jest oddawanie się lenistwu i marzeniom, kiedy trzeba wykonać jakąś pracę i nie bardzo ma się na to ochotę, a czym innym jest leżeć i nudzić się, nie mając kompletnie nic do roboty. Nie dość tego – dodał Czaruś. – Nawet nie można sobie o czymkolwiek pomarzyć, bo natychmiast się to spełnia.

– Chcesz powiedzieć, że życie staje się nudne, jeżeli nasze marzenia natychmiast się spełniają? – dziwił się Szymon.

– Strasznie nudne – zapewnił Czaruś. – **LUBIĘ MARZYĆ, A TUTAJ JEST TO NIEMOŻLIWE**. Nie sposób mieć tu jakiekolwiek niespełnione marzenie, bo wszystko od razu masz podane na talerzu. To najgorsza rzecz dla marzyciela.

– No nie wiem – zastanawiał się Szymek, roztaczając w wyobraźni pokoje pełne najwspanialszych zabawek i wszystkiego, o czym by tylko pomyślał.

– Możesz spróbować – zaproponował Czaruś. – Jestem pewien, że nie będę musiał zbyt długo czekać.

Szymek nagle przypomniał sobie o Gusi, Hubku i Mutku, którzy zostali w lesie, i natychmiast zrezygnował z podjęcia tej próby. Opowiedział także wszystko odnalezionemu koledze.

– Nic się nie martw, będzie dobrze – zapewniał tym razem Czaruś. – Razem wrócimy do domu. Wszyscy!

# ROZDZIAŁ 5

## POWRÓT

Nazajutrz, kiedy tylko muzykalie zagrały wesołą pobudkę, Szymek z Czarusiem wyruszyli w drogę powrotną do domu. Mieli co prawda pewne obawy, wchodząc ponownie do Lasu Marzeń, ale jego przejście było konieczne. Już na pierwszej polanie natknęli się na przeszkodę. Był nią dom zabaw, pełen najlepszych i najbardziej pożądanych przez dzieci zabawek. Najwięcej zaś było tu zabawek reklamowanych w telewizji i w gazetach. Na Czarusia nie działało to wcale, bo nie oglądał telewizji, na Szymonku jednak zrobiło ogromne wrażenie. Dosłownie wszystko, co tylko było najpiękniejsze na wystawach najlepszych sklepów zabawkowych, leżało tu w zasięgu ręki. Były więc roboty mogące chodzić i mówić, a nawet

wykonywać proste po-
lecenia. Były kosmicz-
ne stwory, potrafiące
zmieniać się w samo-
chody. Były śmigłow-
ce sterowane pilotem
i samochody takiej
wielkości, że można
było w nie wsiąść i jeździć
jak prawdziwym autem. Stały wielkie tory wyścigowe, wystrzeliwujące ze specjalnych wyrzutni barwne samochody. Stały armie
rycerzy, krasnoludów, gormitów i postacie najpopu-
larniejszych bajek. Kiedy wydawało się, że zobaczyli
wszystko, na placu przed domem wylądował **PO-
JAZD KOSMICZNY** wielkości sporego łóżka. Za-
bawka ta migała światłami i buczała cicho, po czym
otworzyła klapę – jakby zapraszając do środka. Szymon zawahał się i ruszył w jej kierunku. Zawsze
chciał być pilotem statku kosmicznego. Kiedy miał
wejść do środka, by zająć miejsce za sterami, przypomniał sobie nagle dom. Pomyślał o czekających
na niego mamie i tacie, o siostrzyczce Agatce oraz
przyjaciołach. Przystanął i zamknął oczy. Skupił się
mocno, najmocniej jak potrafił.

– Dosyć tego – pomyślał. – **NIE MA TU NICZE-GO, CZEGO BYM CHCIAŁ NAPRAWDĘ**. Chcę natychmiast odnaleźć Mutka.

Gdy otworzył oczy, domu i zabawek już nie było. Stał razem z Czarusiem na pustej polanie i nic już nie zatrzymywało ich w dalszej podróży. Bez prze-szkód dotarli do rozstaju dróg, gdzie Szymek zosta-wił Mutka rozwiązującego arcyciekawe zadania.

Nudzimiś bardzo ucieszył się na widok przyjaciół i zapewnił, że natychmiast się do nich przyłączy, kiedy tylko skończy grę, rozpoczętą niedawno przez tablice.

– Wiecie, koledzy, jestem już mistrzem! – za-wołał dumnie. – Nikt nie pokona mnie w tej zabawie.

– Na pewno – zgodził się chłopiec.

– Nieprawda – zaoponował nagle Czaruś. – To ja jestem najlepszy.

– Co ty wygadujesz? – zdziwił się Szymon, nie rozumiejąc postępowania nudzimisia.

– Zrobię z ciebie marmoladę! – chwalił się nadal Czaruś. – Jesteś w tym cienki jak naleśnik.

– Że jak? – Mutek aż się zająknął ze zdumienia.

– Popatrz na to – Czaruś wskazał listę, którą wyciągnął z kieszeni. Na wydruku, który trzymał, widniało wyraźnie, że to on, Czaruś, pobił wszystkie możliwe rekordy w grze z tablicami.

– Jak to możliwe? – pytał rozczarowany Mutek. – Mnie mówiły to samo.

– To taka gra – zapewniał go Czaruś – która każdemu daje nadzieję bycia najlepszym. Ale TO TYLKO GRA niemająca nic wspólnego z prawdziwym życiem.

– Ale to oszustwo! – krzyczał Mutek. – Jak tak można?

– Masz to – Czaruś podał mu kolejną kartkę.

Widniały na niej wszystkie rozwiązania i odpowiedzi, jakie mogły paść w grze. Teraz zabawa ta nie miała już dla Mutka żadnego sensu. Zrozumiał wreszcie, że został wciągnięty w pułapkę, z której sam nie potrafi się wydostać.

Uwolniwszy kolejnego uczestnika wyprawy **Z SIDEŁ LASU MARZEŃ**, przyjaciele ruszyli w dalszą drogę.

– Dobrze nam idzie, prawda? – zapytał Czaruś z uśmiechem, patrząc w kierunku Szymka.

– Dobrze – potwierdził dowódca wyprawy. – Musiałeś sporo czasu spędzić w tym lesie.

– Zbyt dużo – odparł nudzimiś.

Kolejnym punktem ich planu było wydostanie Hubka. Tutaj sprawa wydawała się trudniejsza ze względu na służbę w leśnym pałacu. Jednak na miejscu okazało się, że było to dziecinnie proste. Hubek bowiem był tak znudzony byciem władcą, że natychmiast chciał uciekać.

– Nie macie pojęcia, jakie to męczące – tłumaczył kolegom. – Wszyscy mnie słuchają i we wszystkim ustępują. W każdej zabawie wiem, że wygram, i nigdy nie słyszę nic innego, jak tylko pochwały i niezasłużone komplementy. Tak się nie da normalnie żyć – zapewniał.

– Tylko jak wydostać się z tego pałacu? – zastanawiał się Mutek. – Wprawdzie wszyscy cię tutaj słuchają, ale nie pozwolą ci odejść.

– Dam sobie radę – zapewnił Hubek. – Jestem najsprytniejszym i najbardziej pomysłowym nudzimisiem w historii.

– Czy nie przebywałeś tu aby za długo? – zapytał Czaruś z przekąsem.

Hubek jednak tylko żartował, wcale nie mając o sobie takiego mniemania. Zaraz też wymyślił sposób wyprowadzenia straży i całej służby w pole. Poinformował wszystkich, że oto on, Jego Najwyższa Wysokość Hubert Pierwszy, ma ochotę pobawić się w chowanego. Cała służba i straż musi doliczyć do tysiąca, zanim zacznie go szukać. W czasie kiedy będzie się chował, nikomu nie wolno podglądać.

Rozkaz został natychmiast wykonany. Wszyscy w pałacu, łącznie ze strażą, zakryli oczy, a Hubek i przyjaciele bez trudu wyszli z polany.

– Ty masz pomysły – pochwalił kolegę Mutek. – Sam bym na to nie wpadł.

Żart, jaki Hubek spłatał swoim poddanym, bardzo podobał się całej drużynie poszukiwaczy. No może nie całej, bo brakowało Gusi.

Właśnie po nią teraz się udali. Podróż urozmaicali sobie opowiadaniem własnych przeżyć i tego, co ich spotkało po rozstaniu. Kiedy dotarli do znajomej im okolicy, uwagę skupili już tylko na poszukiwaniach.

– Gdzie jest ta kocia mama? – niecierpliwił się Szymon. – To musiało być tutaj.

– Ciszej bądź – szepnął Hubek. – Chyba słyszę jakieś miauczenie.

Posuwali się w stronę, którą wskazał Hubek, i już po kilku minutach zobaczyli Gusię. Siedziała nadal pod wierzbą, otoczona kociętami, ale minę miała nietęgą.

– Przyjaciele! – wołała. – Pomocy! Nie mam już siły do tych kociąt.

– Jak to? – zapytał wesoło Mutek. – Przecież są takie milutkie i kochane.

– Były – przyznała Gusia – ale jak długo można robić wciąż to samo? Nawet jeśli jest to przytulanie i głaskanie. Nie mam już na to siły. Poza tym one rosną i rosną... Są już całkiem spore i mają duże ostre pazurki.

– Pewnie też sikają? – zapytał ze śmiechem Szymon.

– Właśnie – przyznała Gusia. – Chyba jednak nie będę ich zabierała do domku. Tutaj, w lesie, mają więcej miejsca i nikt im niczego nie będzie zabraniał. Nie muszą też czekać, aż je ktoś nakarmi czy wypuści na dwór. A ja mam tyle obowiązków, że nie zawsze mogłabym im poświęcić tyle czasu, ile trzeba. Na szczęście wcale się nie zdążyły do mnie przywiązać i są bardzo samodzielne.

– Ja kiedyś chciałem mieć pieska – przyznał Szymon. – Tata przyprowadził wtedy od kolegi jego teriera – na dwa tygodnie, na czas ferii zimowych.

– I co? – dopytywała się Gusia. – Przyzwyczaiłeś się do niego i nie chciałeś oddać?

– Nie do końca – przyznał się chłopiec. – Bardzo go lubiłem, to prawda, ale były też minusy. Codziennie rano musiałem wstawać, żeby go wyprowadzić na spacer. Kiedy moi koledzy smacznie spali, ja spacerowałem na zimnie i śniegu. Kiedy miałem czas na zabawę, on też chciał się bawić – wcale nie w to samo, co ja. Do tego trzeba było po nim sprzątać.

– I tym sposobem odłożyłeś zakup pieska na później – domyślił się Hubek.

– Niestety tak – potwierdził chłopiec ze wstydem.

– Nie martw się, przynajmniej nie zrobiłeś krzywdy zwierzątku – pocieszyła go Gusia. – Wiele dzieci wymusza na rodzicach kupno pieska czy kotka, a później, kiedy nie ma się nim kto zająć, oddają go do schroniska, albo, co gorsza, wyrzucają z domu.

– To okropne – obruszył się Szymon. – Ale wiem, że masz rację. Trzeba się bardzo poważnie zastanowić nad kupnem jakiegokolwiek zwierzątka. Należy posłuchać, co mają na ten temat do powiedzenia rodzice, choć zwykle bardzo nie podoba się nam ich zdanie.

– Chyba czas na nas – zmienił temat Hubek. – Nie wiadomo, jak długo moi poddani będą liczyli do tysiąca.

– Jacy znowu poddani? – zapytała Gusia.

– Opowiem ci po drodze – odparł szybko nudzimiś. – Teraz naprawdę musimy się spieszyć.

Droga powrotna mijała zdecydowanie szybciej niż poszukiwanie Czarusia. Las jakby zrezygnował z zatrzymywania swoich niesfornych gości. Podróżnicy nie tracili też czasu na podziwianie dziwów i niezwykłości, którymi tak się zachwycali, wchodząc na ścieżki Lasu Marzeń. Tym razem nawet nie spojrzeli na skrzydlate motyle, których pióra ułożone w kolorowe wachlarze sypały pachnącym pyłkiem. Nie zatrzymali się obok colospadu, w którym pieniła się zimna cola, tworząc brązowe bałwany, a bąbelki gazu niczym klejnoty zdobiły okoliczne rośliny. Spieszyli się tak bardzo, że nie przysiedli w kamiennym kręgu, nakrytym przysmakami z całego świata, a Hubek zamiast marudzić, nawet ich poganiał.

Zwolnili tempo dopiero na skraju lasu, gdzie zaczynały się Dzikie Łąki.

– Tym razem nie damy rady przelecieć na parasolach mniszka – stwierdził Szymon. – Wiatr wieje tu tylko w stronę Lasu Marzeń, jakby specjalnie przynosząc mu nowych gości.

– Marsz zajmie nam kilka dni – powiedział z namysłem Czaruś. – Chyba że jakiś cudodziej sprawi, że będzie inaczej.

Po tych słowach wszyscy spojrzeli na Szymka. Zupełnie zapomnieli o umiejętnościach chłopca, które od początku wyprawy kompletnie nie były używane.

– Co niby mam zrobić? – zapytał Szymon ze zdziwieniem.

– Coś – odparła Gusia z uśmiechem.

– Najlepiej, żebyś zrobił takiego dużego **COSIA**, który przeniesie nas od razu do Nudzimisiowa – podpowiedział Hubek. – Wkrótce pora obiadowa i nad jeziorkiem dojrzewają liściotalerze – dodał dla wyjaśnienia.

– Dużego cosia? – powiedział chłopiec, kiwając głową z powątpiewaniem.

– Największego, jakiego potrafisz – potwierdził nudzimiś.

Szymek usiadł na trawie i zamyślił się. W domu też będzie zaraz obiad. Mama na pewno będzie się niepokoić, jeśli nie wróci na czas.

– Och – westchnął ciężko – gdybym tylko potrafił, przeniósłbym nas wszystkich do Nudzimisiowa, a potem… – przerwał rozmyślania.

Pragnienie powrotu, jakie pojawiło się u chłopca, było tak silne jak tęsknota za mamą i tatą. Szymek poczuł, jak jego oczy robią się wilgotne, i zamknął je, aby zatrzymać napływające łzy. Kiedy je otworzył, zobaczył całą swoją drużynę nieco wystraszoną i wpatrującą się w niego.

– Dlaczego tak dziwnie patrzycie? – zapytał, starając się ukryć drżenie głosu i wzruszenie.

– Dlatego – odparli chóralnie i rozstąpili się, pokazując widok na jeziorko.

– Nudzimisiowe Jeziorko! – zawołał chłopiec zdziwiony, ale i uradowany. – Jesteśmy w domu! – krzyczał. – To znaczy wy jesteście – dodał ciszej.

– Jesteś doprawdy wielkim cudodziejem – powiedział Hubek i poklepał go po ramieniu. – Skoro potrafiłeś przenieść nas wszystkich siłą własnej woli, to na pewno poradzisz sobie z własnym przeniesieniem do domu.

– Tak myślisz? – zapytał Szymek, patrząc na przejętego przyjaciela.

– Jestem tego pewien – dotarło zza pleców chłopca.

Był to Najstarszy Nudzimiś, który razem z Budusiem przybył natychmiast na miejsce, powiadomiony przez mieszkańców.

– Będzie to ostatni niezwykły czyn, jakiego dokonasz w naszej krainie – powiedział spokojnie – ale na pewno nie ostatni w twoim życiu.

– Czy to znaczy, że Szymek będzie mógł cudować nawet w świecie ludzi? – zapytał Hubek zdziwiony.

– Wykluczone – odparł Najstarszy Nudzimiś. – Aby dokonywać rzeczy wielkich, wcale nie są potrzebne jakieś magiczne umiejętności – wyjaśnił. – Wystarczy **SIŁA WOLI, UPÓR I DĄŻENIE DO CELU**. Tego zaś Szymonowi, jak widzę, nie brakuje.

Chłopiec, czując, że nadchodzi moment pożegnania, uściskał szybko przyjaciół i podziękował za gościnę mieszkańcom.

– Ale zobaczymy się jeszcze? – zapytał z nadzieją w głosie.

– Kiedy tylko zechcesz – potwierdził Hubek, machając łapką.

Nudzimiś zauważył, że Szymek zaczął robić się jakby przezroczysty – falując na lekkim, ciepłym wietrzyku. Jego obraz rozmywał się szybko, by po chwili zniknąć zupełnie z oczu nudzimisiów.

Niemal w tej samej sekundzie chłopiec pojawił się w swoim pokoju. Absolutnie zaskoczony zobaczył, że wszystko wygląda tutaj tak jak wtedy, kiedy zniknął przez Czarusiowe nudzenie. Nawet wskazówki na jego zegarze wskazywały dokładnie tę samą godzinę.

Z kuchni dochodził zapach czerwonego barszczyku i odgłosy krzątania się. Szymon pobiegł tam jak szalony i dopadłszy mamy, przytulił się do niej mocno.

– Kocham cię, mamusiu… Wiesz? – powiedział szczęśliwy.

– Wiem – odpowiedziała mama, jak zawsze z uśmiechem. – **JA TEŻ CIĘ KOCHAM** – dodała magiczne słowa, które zwykle dają słuchającym ich ludziom tyle szczęścia, zupełnie jakby pochodziły z krainy czarów i magii.

KONIEC

# Niezwykłe Niezwykłości
## czyli słowniczek
## krainy Nudzimisiów

Cudak – najdziwniejsze stworzenie Nudzimisiowa. Nikt nie wie, jak wygląda naprawdę, ponieważ nieustannie zmienia swoją postać. Zwłaszcza kiedy jest wystraszone. Legendy mówią jednak, że Cudak jest mały, żółtozielony i okrągły jak piłeczka.

Domki nudzimisiów – wyrastają ze specjalnych sadzonek hodowanych przez ogrodnika Bartka. Początkowo są miękkie i delikatne, jednak dojrzewają i są gotowe do zamieszkania w ciągu jednego dnia. Zawsze mają jeden gruby korzeń, którym prosto z ziemi pobierają minerały niezbędne do budowy domku. Domki te są wyposażone w potrzebne mebelki i nie wymagają żadnego malowania ani napraw. Potrzebują jednak nieco wody i bez niej mogą uschnąć.

Drzewa hamakowe – rosną zawsze po dwa. Połączone są siatką tworzącą hamak, który służy nudzimisiom do leżenia i wypoczynku. Wielkim miłośnikiem tych drzew jest Czaruś, jedyny leniwy i nudzący się nudzimiś.

Jajka niespodzianki – jajka znoszone przez kury w Nudzimisiowie. Niespodzianki, które zawierają, są naprawdę zaskakujące. Można dostać prezent, o jakim się marzy, ale potrafią także spłatać psikusa. Zawsze jednak są pyszne i czekoladowe.

Krzewy chipsowe – ot, zwykłe krzaki, na których rosną chipsy. Są różne odmiany tych krzewów, np: o smaku cebulowym, paprykowym, bekonowym itp.

Lizakowiec olbrzymi – ogromne drzewo, którego owocami są najróżniejsze lizaki. Nudzimisie często odpoczywają w jego cieniu.

Łaskot – wielki, niebieski stwór, którego ulubionym zajęciem jest łaskotanie nudzimisiów. Używa do tego celu swoich czterech łap i całej kolekcji piórek do łaskotania.

**Mleczna fontanna** – stoi w centrum Nudzimisiowa, tryskając kilkoma strumieniami mleka o różnych smakach. Fontanna z góry wygląda jak plasterek pomarańczy, bo strumienie mleka wpadają do odpowiednich przegród. Każdy smak mleka ma swoją przegródkę i nie miesza się z pozostałymi.

**Muzykalie** – trudne w uprawie kwiaty ogrodowe, rosnące przy domkach nudzimisiów. Wieczorem śpiewają kołysanki, a rano wesołe piosenki na przebudzenie.

**Nudzimisiowe Jeziorko** – samo jeziorko jest w zasadzie zwyczajne, jednak jest wiele związanych z nim niezwykłości. Na dnie jeziorka znajduje się mały wulkan, buchający bańkami powietrza, które można wykorzystać do zabawy. Nudzimisie, nurkując, dostają się do wnętrza tych baniek i wyskakują z nimi na powierzchnię albo używają ich jako łodzi podwodnych. W wodach jeziora żyją prawie niewidzialne rybki – przezroczki, które można ujrzeć jedynie w promieniach słońca odbijającego się od ich łusek. Brzegi Nudzimisiowego Jeziorka porastają talerzowce i inne dziwne rośliny.

Pień Bajkonura – gadający pień, zna ponad tysiąc bajek, które może opowiadać całymi godzinami. Najchętniej słuchany w porze poobiedniej, w przyjemnym cieniu lizakowca.

Piłka samograjka – piłka, która po kopnięciu lub rzuceniu w górę sama wraca do nudzimisia. Nie trzeba jej gonić i wspaniale nadaje się do żonglowania, podrzucania i bicia rekordów w podbijaniu nogami.

Plac Prawdy – niby zwyczajny plac, na którym ogłasza się różne różności. Jego osobliwą cechą jest to, że jeśli ktoś, stojąc na nim, kłamie – wyrastają mu na głowie świecące antenki.

Skaczące jagody – pyszne jagody dla łakomczuchów, rosnące tylko na jednej polanie. Aby je zjeść, trzeba je najpierw złapać. Jagody te uciekają bowiem z krzaków i skaczą po całej polanie. Nudzimisie urządzają sobie czasem mecze, łapiąc skaczące jagody w małe siatki umieszczone na długich kijach. Sztuka ta jest trudna i wymaga wiele wysiłku.

Smoczy pysk – jedna z oryginalnych zabaw nudzimisiów polegająca na strzelaniu z poziomkowej armaty do latającego smoczego pyska. Wygrywa w niej ten, komu najdłużej uda się nie trafić w paszczę smoka. Paszcza ta stara się zawsze chwycić i połknąć wystrzeloną poziomkę, dzięki czemu rośnie. Kiedy naje się dużo poziomek, jest bardzo duża i coraz trudniej jest w nią nie trafić.

Szczypak – maleńkie zwierzątko wielkości wisienki, żyjące na krzewach pokory. Pomaga on wielkim chwalipiętom i samolubom pozbyć się wad. Przypięty do ogonka nudzimisia, który chce jego pomocy, szczypie go za każdym razem, kiedy ten źle się zachowuje. Szczypak jest nadzwyczaj skuteczny, ale rzadko wykorzystywany przez nudzimisie.

Talerzowce – rośliny porastające brzegi nudzimisiowego jeziorka, na których liściach w południe dojrzewają pyszne dania obiadowe. Nie dosyć, że rosną na nich najlepsze obiadki, to jeszcze nie trzeba ich zmywać.

Wymyślacz śniadań – urządzenie to, jak sama nazwa wskazuje, służy nudzimisiom do wymyślania śniadań. Wystarczy usiąść pod specjalnym kloszem i myśleć o tym, co chciałoby się zjeść, a gotowe śniadanko pojawia się na ladzie. W trakcie wymyślania śniadań trzeba bardzo się skupić i myśleć wyłącznie o tym, co chcemy zjeść, ponieważ jeśli myśli się o kilku rzeczach jednocześnie, wymyślacz może się pomylić i na śniadanie dostaniemy na przykład słodkie bułeczki ze śledziem marynowanym, albo zupę pomidorową z kapustą.

Wyrzutki – wielkie kwiaty ze słupkami w kształcie sprężyny. Z ich pomocą nudzimisie skaczą z jednego kwiatka na drugi, robiąc przy tym fikołki i znakomicie się bawiąc.

Źródełka lemoniadowe – wypływają z Gór Lodowych, po stopieniu leżących tam lodowców owocowych. Przepływają także przez osadę nudzimisiów, dostarczając w każdej chwili smacznego napoju wszystkim spragnionym.

# SPIS TREŚCI

# Przeczytajcie koniecznie o wcześniejszych przygodach

# Nudzimisiów!

Kiedy się nudzisz, wołaj nudzimisia. Wrota Nudzimisiowa już otwarte! Odtąd już żadne dziecko nie będzie się nudzić!

Wszystko zaczęło się od tego, że Szymek się nudził. Głośno wołał „nuuuuudzi mi się!, nuuuuudzi mi się!". I nudzimisie do niego przyszły... O przyjaźni przedszkolaków z tymi sympatycznymi stworkami, o odnudzaniu, super zabawie i niezwykłym miejscu – Nudzimisiowie – dowiecie się z tej książki. Jej autor, Rafał Klimczak, już zapowiedział, że nudzimisie często go odwiedzają, więc pisze kolejne części ich przygód.

Chcecie wiedzieć, co słychać w niezwykłej krainie nudzimisiów? Gusia, Hubek i Mutek mają mnóstwo pracy! W drugiej części wyruszą na niebezpieczną i pełną przygód wyprawę, by ratować źródełka lemoniadowe, i rozprawią się z groźnym Łaskotem w sposób, którego się zupełnie nie spodziewacie. Nie zapomną jednak o tym, co dla każdego nudzimisia jest sprawą najważniejszą: o odnudzaniu przedszkolaków!

TRZECIA CZĘŚĆ PRZYGÓD NUDZIMISIÓW ZGODNIE Z OBIETNICĄ
JEST PEŁNA NIEZWYKŁOŚCI. OKAŻE SIĘ, ŻE OPRÓCZ ODNUDZA-
NIA SYMPATYCZNE STWORKI POTRAFIĄ RÓWNIEŻ ROZWIĄZYWAĆ
INNE PROBLEMY PRZEDSZKOLAKÓW. ODKĄD KOLEDZY SZYMKA
UWIERZYLI W ICH ISTNIENIE, GUSIA, MUTEK I HUBEK CZĘSTO
ODWIEDZAJĄ PRZEDSZKOLE. DZIĘKI NUDZIMISIOWYM SZTUCZ-
KOM MAŁY JĘDREK POLUBI ZABAWĘ Z KOLEGAMI, A TADEK NIE-
JADEK ZJE ŚNIADANIE I CAŁY OBIAD! PRZEKONACIE SIĘ TAKŻE
O TYM, ŻE I NUDZIMISIE MAJĄ SWOJE MAŁE PROBLEMY. JEDNYM
Z NICH JEST... NUDZENIE SIĘ! ALE TO JUŻ ZUPEŁNIE INNA HI-
STORIA...

# POLECAMY RÓWNIEŻ

Strach na wróble jest smutny i trzeba coś na to poradzić. Pani sikorka podstępem przejęła dom nietoperza, ale ona ma dwadzieścioro piskląt! Kto jest mamą Zazulki – kukułki wyklutej w gnieździe pliszek: pani pliszka czy pani kukułka? Jak poskromić obżarstwo małego Jeżyka?

Cztery zabawne i mądre opowieści o jeżu Igiełce autorstwa Mariusza Niemyckiego z pięknymi ilustracjami Doriny Maciejki polecamy wszystkim przedszkolakom!